Selma Lagerlöf

Die sieben Todsünden

und andere Geschichten
über Gott und die Welt

Übersetzt von Marie Franzos

und Pauline Klaiber-Gottschau

Selma Lagerlöf: Die sieben Todsünden und andere Geschichten über Gott und die Welt

Übersetzt von Marie Franzos und Pauline Klaiber-Gottschau.

Neuausgabe
Herausgegeben von Karl-Maria Guth
Berlin 2016

Umschlaggestaltung von Thomas Schultz-Overhage unter Verwendung des Bildes: Hieronymus Bosch, Die sieben Todsünden, zwischen 1500 und 1525

Gesetzt aus der Minion Pro, 11 pt

Verlag: Henricus - Edition Deutsche Klassik GmbH
Mörchinger Str. 33, 14169 Berlin, info@henricus-verlag.de
Druck: Libri Plureos GmbH, Friedensallee 273, 22763 Hamburg

ISBN 978-3-8430-7481-0

Bibliografische Information der Deutschen Nationalbibliothek

Die Deutsche Nationalbibliothek verzeichnet diese Publikation in der Deutschen Nationalbibliografie; detaillierte bibliografische Daten sind im Internet über www.dnb.de abrufbar.

Inhalt

Die sieben Todsünden

Einmal wollte der böse Feind seinen Spott und Hohn mit einem weisen Mönche treiben. Er vermummte sich deshalb mit einem weiten Mantel und einem mächtigen Schlapphut, damit ihn niemand erkennen sollte, und begab sich zu dem Alten, der in dem Beichtstuhl der Domkirche saß und auf seine Beichtkinder wartete.

»Ehrwürdiger Vater«, sagte der Versucher, »ich bin ein Ackersmann und eines Ackermanns Sohn. Ich stehe mit der Sonne auf und vergesse niemals, mein Morgengebet zu sprechen, dann arbeite ich den ganzen Tag draußen auf dem Felde. Meine Nahrung ist Brot und Milch, und ich labe mich an Honig und Früchten. Ich bin meiner alten Eltern einzige Stütze. Ich habe keine Frau und mein Sehnen steht nicht nach Weibern. Ich gehe fleißig in die Kirche und gebe den Zehnten von dem, was ich besitze. Ehrwürdiger Vater, Du hast meine Beichte gehört. Willst Du mir nun Absolution erteilen?«

»Mein Sohn«, sagte der Mönch, »Du bist der frömmste Mann, den ich je gekannt. Gerne will ich Dir den Ablaß geben. Laß mich Dir bloß erst erzählen, was sich jüngst hier in diesem Orte zugetragen hat. Es wird Dein Herz erfreuen, denn Du wirst von manchen rühmlichen Taten hören, und doch kannst Du Dir sagen, daß die, die sie vollbracht, arme Sünder sind, an Deinem Maße gemessen.«

»Vater, Du verleitest zum Hochmut«, sagte der Mann.

»Gott schütze mich vor so großer Sünde«, erwiderte der Mönch. »Wenn Du meine Erzählung erst vernommen hast, wirst Du anders denken.«

Und er begann: »Der stolze Rittersmann, dem das große Bergschloß jenseits des Flusses gehört, beschloß eines Tages, seine Tochter einem reichen und mächtigen Manne zu vermählen, der ihr gar herzlich zugetan war. Aber das widerstrebte der Jungfrau sehr, denn sie hatte ihre Treue schon einem andern versprochen.

Da schrieb die Jungfrau einen Brief an ihren Herzallerliebsten und erzählte ihm, wie sie von ihrem Vater gezwungen wurde, einem anderen anzugehören. ›Darum sag ich Dir vieltausendmal Lebewohl‹, schrieb sie ihm, ›und bitte Dich, Dich um meinetwillen nicht zu betrüben, denn ich bin Dir treu in meinem Herzen.‹

Aber der Ritter, ihr Vater, nahm dem Boten den Brief ab und verbrannte ihn insgeheim.

So kam ihr Hochzeitstag, und sie grüßte ihn mit vielen Tränen. Aber in der Kirche weinte sie nicht, sondern der Schmerz schlug seinen Wohnsitz in den Zügen ihres Angesichts auf und versteinerte sie. Und alle Leute in der Kirche weinten über sie.

Der Ritter, ihr Vater, sah auch, wie der Kummer ihr Antlitz versteinert hatte. Da erschrak er über seine Tat. Und als sie heimkehrten von der Kirche, da rief er seine Tochter in seine Turmkammer und sagte: ›Liebe, ich habe unrecht gegen Dich gehandelt.‹ Und er fiel vor ihr auf die Knie und bekannte, daß er eine schimpfliche Tat begangen und ihren Brief genommen hatte. Denn er hatte gefürchtet, daß ihr Geliebter sie mit Gewalt entführen würde, wenn er um die Hochzeit wußte.

Sie sagte zu ihm: ›Es mag Deine Rechtfertigung sein, Vater, daß Du nicht weißt, welche Not Du verursacht.‹ Und sie ging hinaus auf die Zugbrücke.

Da trat der Bräutigam zu ihr. ›Liebste, warum steht ein solcher Schmerz auf Deinem Antlitz geschrieben?‹ sagte er.

Da antwortete die Braut: ›Darum, weil ich einen Herzallerliebsten habe, den ich schwor niemals zu lassen.‹

Aber er sagte: ›Sei nicht betrübt um dessentwillen. Meine Liebe zu Dir ist so groß, daß ich glaube, niemand kann Dich glücklicher machen, als ich es tun werde.‹

›So denken alle, die lieben‹, sagte sie nur.

›Sage mir nur, was ich tun soll, um den Schmerz aus Deinem Antlitz zu verscheuchen‹, sagte er, ›und ich will dir zeigen, daß ich die Wahrheit spreche.‹ Da faßte die Braut Mut und dachte: ›Ich will es sagen, vielleicht, daß Gott sein Herz bewegt.‹ Und sie erzählte ihm, daß sie und ihr Liebster einander den Eid geschworen, daß wer von seinem Feinslieb betrogen würde, sich an dessen Hochzeitstage töten sollte. ›So daß sich heute mein Geliebter tötet‹, sagte die Braut. Und sie sank zu Boden in ihrem Elend und lag flehend zu des Bräutigams Füßen. ›Laß mich zu ihm gehen, bevor er es vollbringt.‹

Es lag eine solche Macht in dem Schmerz des Weibes, daß, obgleich ihr Gemahl dachte: ›Lasse ich sie zu jenem ziehen, der sie liebt, so sehe ich sie niemals wieder‹, er doch sagte: ›Du magst tun, was Dir gut dünkt.‹ Da stand sie auf und dankte ihm unter Tränen. Dann ging sie in den Saal zu den Hochzeitsgästen, die vor ihren Tellern an den gedeckten

Tischen standen und eifrig des Schmauses harrten, denn sie waren sehr hungrig nach dem langen Ritte und der langen Messe.

›Vielliebe Herren und Frauen‹, sagte die Braut zu ihnen, ›ich muß Euch sagen, daß ich mit meines Gemahls Erlaubnis an diesem Abend fortgehe, zu meinem Liebsten. Denn er will sich heute töten, weil ich ihm untreu geworden bin. Nun gehe ich, ihm zu sagen, daß ich gezwungen wurde. Verwundert Euch nicht, daß ich selbst gehe, denn zu solch einer Verrichtung kann man nicht Brief noch Boten finden, der sicher genug wäre. Aber Euch bitte ich: esset, trinket und seid fröhlich, dieweil ich fort bin. Denn ich komme wieder, wenn ich meinen Liebsten vom Tode errettet.‹

Aber alle Hochzeitsgäste weinten, als sie ihnen von dem Schmerze erzählte, der ihr drohte, und sie antworteten ihr: ›Mit nichten wollen wir essen und trinken, solange solches Leid Dich bedrückt. Gehe Du, und wenn Du wiederkehrst, werden wir mit dem Schmause beginnen.‹ –

Und sie verließen die Tische.

Als die Braut über den Burghof ging, ertönte ein großer Lärm aus der Garküche. Denn ein kleiner Junge vom Gesinde war zum Küchenmeister geeilt und hatte ihm zugerufen, daß das Mahl um mehrere Stunden hinausgeschoben werden sollte. Und den Küchenmeister erfaßte Betrübnis, als er an seine Braten und die anderen Gerichte dachte, die nun verderben mußten. Ein Ließpfund Butter warf er ins Feuer, und einen Korb Eier zerschellte er gegen die Steinfließen, und den Jungen schleuderte er über die Schwelle und stand nun vor dem Liegenden, den großen Besen zum Schlage erhoben.

Aber als die Braut hinaus auf den Burghof trat, ließ er sogleich den Arm sinken. Und er rief aus: ›Gepriesen sei Gott, der Dich so holdselig schuf. Ich will Dich nicht fürder betrüben.‹ Und er verwahrte die Speisen viele Stunden, ohne jemandem ein erzürntes Wort zu sagen.

Die Braut ging nun allein durch den großen Wald, denn sie wollte zu Fuß zu dem Geliebten kommen und ohne Geleite, sowie man zur Muttergottes-Kapelle kommt in großer Not.

Aber im Walde wohnte ein friedloser Mann, der ein Räuber war. Aus seinem Schlupfwinkel sah er die Braut über den Weg schreiten. Sie hatte Ringe an den Fingern, ein Goldkrönlein auf dem Haupte, eine schwere Silberschärpe um den Leib und Perlen am Halse. Da sagte der Räuber zu sich selbst: ›Dies ist nur ein schwaches Weib, ihre Kleinodien will ich nehmen, und ich habe Reichtum genug. Ich kann dann in ein anderes Land ziehen, dieses schmähliche Leben im Walde lassen und ein ehrlicher Mann werden.‹

Aber als die Braut näher kam und er ihr Antlitz sah, da wurde er machtlos. Denn Gott hatte sie sehr hold geschaffen. Er dachte: ›Ich kann ihr nicht schaden. Sie ist eine Braut, und ich kann diese liebliche Jungfrau nicht geplündert ins Hochzeitshaus gehen lassen.‹ Und er fürchtete Gott, der das Weib also geschaffen, und ließ sie ziehen.

Im selben Walde wohnte ein alter Eremit, der seinen Körper damit quälte, volle sechs Tage zu wachen und nur am siebenten zu schlafen. Er hatte sich das Gesetz auferlegt, daß wenn er nicht Muße fand, am siebenten Tage zu schlafen, er sechs weitere Tage wachen mußte. Denn er glaubte, dies sei Gott wohlgefällig. Nun war sein siebenter Tag beinahe vergangen, ohne daß er schlafen konnte; denn viele Kranke und Bekümmerte hatten ihn aufgesucht. Aber als er sie alle abgefertigt hatte und sich zum Schlummer niederlegen wollte, erblickte er die Braut, die durch den dichten Wald herankam. Und er dachte bei sich selbst: ›Wie soll diese Pilgerin über den reißenden Fluß gelangen, der über Nacht angeschwollen ist und seine Brücke weggeschwemmt hat?‹ Und er verließ seine Lagerstätte und geleitete sie zu dem Flusse und trug sie auf seinen Schultern über das Wasser. Aber als er wieder zu seiner Höhle kam, war seine Zeit abgelaufen, und er mußte noch sechs Tage wachen, um dieses fremden Weibes willen. Aber er bereute es nicht, denn über ihr lag ein solcher Liebreiz, daß alle, die ihrer ansichtig wurden, froh waren, um ihretwillen auf etwas zu verzichten.

So kam die Braut zum Hause des Geliebten. Der war in sein Kämmerlein gegangen und hatte die Tür mit schweren Schlössern versperrt. Und als sie klopfte, mochte er nicht öffnen. Denn er hatte das Schwert gezogen und wollte sich töten.

Da vermochte sie weder zu rufen, noch zu bitten, denn die Angst erstickte ihre Stimme. Aber ihre heißen Tränen fielen auf die steinernen Fließen, und er hörte durch die Eichentüre, wie sie schluchzte. Und er konnte sich nicht töten, solange er diesem lauschte, und er schloß ihr auf.

»Da stand sie vor ihm mit gefalteten Händen und sagte ihm, wie sie gezwungen worden war. Und als er sah, daß er noch ihre Liebe hatte, versprach er ihr, sich nicht den Tod zu geben. Da schmiegte sie sich an ihn, und er küßte sie, und sie fühlten zu gleicher Zeit alle Freude und allen Kummer, den ein Herz bergen kann.

Er sprach zu ihr: ›Du mußt jetzt gehen, denn Du gehörst einem anderen an‹, Und sie erwiderte: ›Wie kann ich?‹

Aber der Rittersmann, der sie liebte, riß sich aus ihren Armen und sagte: ›Ich will ihn nicht kränken, ihn, der Dich zu mir ziehen ließ.‹ Und er ließ zwei Pferde satteln und ritt heim mit ihr zu ihres Vaters Hof.«

Dies alles erzählte der Mönch dem bösen Feinde und wußte noch nicht, mit wem er sprach. Und dann fragte er ihn, wer von diesen, von denen er berichtet, ihm das größte Opfer gebracht zu haben schien. Denn der Mönch war ein weiser Mann und wußte genugsam, daß kein Mensch so ohne Sünde sein kann, wie dieser Fremde sich ausgab. Und durch diese Erzählung gedachte er zu erfahren, welche der sieben Todsünden die seine war, denn je nachdem er erwiderte, daß der Vater, oder der Bräutigam, oder die Hochzeitsgäste, oder der Küchenmeister, oder der Räuber, oder der Eremit, oder der Liebste am meisten geopfert hatte, konnte der Mönch wissen, ob Hochmut, oder Eifersucht, oder Völlerei, oder Zorn, oder Geiz, oder Faulheit, oder Wollust die Sünde war, die seine Seele beherrschte. Denn was er am höchsten bei anderen bewunderte, das wäre ihm selbst am schwersten gefallen, zu vollbringen.

Aber der böse Feind war so sehr von seinem eigenen Spiele gefangen, daß er die List des Mönches gar nicht merkte. »In Wahrheit«, sagte er, »es fällt mir nicht leicht, Deine Frage zu beantworten. Es dünkt mir, daß der Mann nicht weniger geopfert, als der Geliebte, und die Hochzeitsgäste keine geringere Entsagung geübt als der Räuber. Sie verdienen alle das größte Lob.« Und er vermeinte, so geantwortet zu haben, wie der Mönch es wünschte.

»Um Gottes Barmherzigkeit willen«, rief da der fromme Mann aus und war sehr erschrocken, »sage doch, daß Du eine Tat der anderen vorziehst, oder sage, daß Du keiner sonderlichen Wert beimissest!«

»Keineswegs, ehrwürdiger Vater«, antwortete der Versucher, »nichts, das diese Männer getan, halte ich für leicht. Auch kann ich nicht eines über das andere setzen.«

Aber der Mönch neigte die Lippen zu seinem Ohr hinab und sagte mit keuchender Stimme: »Ich beschwöre Dich, gib einer Tat den Vorzug.«

Aber der böse Feind weigerte sich und bat um Absolution.

»Da bist Du aller sieben Todsünden schuldig«, rief der Mönch entsetzt, »und Du mußt der Teufel selbst sein und kein Mensch.«

Als er dieses gesagt, stürzte er aus dem Beichtstuhl und flüchtete zum Altare. Und dort begann er die Beschwörung zu lesen: *Vade retro Satanas.* Aber als der böse Feind sah, daß er sich verraten hatte, breitete er seinen Mantel gleich einem paar Flügel aus und fuhr durch die dämmerige Wölbung der Kirche wie eine große, schwarze Fledermaus.

Es hatte auch nicht sein Bewenden damit, daß er seine böse Absicht verfehlt hatte, sondern durch Gottes Gnade geschah es, daß sie zum Segen ausschlug, denn die Erzählung des Mönches ist gleich einem Netze in eines Fischers Hand. So wie dieses ins Meer geworfen wird und seine Fische auffängt, so taucht jene hinab ins Menschenherz und zieht die Sünden hinauf ans Licht, auf daß sie bekämpft und unterjocht werden mögen.

Die Prinzessin von Babylonien

Es war an einem dunklen Winterabend in der kleinen Hütte Skrolycka. Kattrinna, die Bäuerin, saß da und spann, und die Katze lag auf ihrem Schoß und spann auch, so gut sie konnte. Der Mann, Jan Andersson, saß am Herde und wärmte sich mit dem Rücken gegen das Feuer. Er war den ganzen Tag in Erik Fallas Wald gewesen und hatte Holz gehackt, da konnte niemand von ihm verlangen, daß er jetzt, wo er daheim war, noch eine andere Arbeit vornehmen sollte. Nicht einmal Kattrinna hatte etwas dagegen einzuwenden, daß er jetzt nichts anderes tat, als mit ihrem kleinen Mädchen spielte und plauderte, das diesen Winter in sein fünftes Jahr ging.

Kattrinna saß in ihren eigenen Gedanken da und hörte nicht viel darauf, was der Mann und das Kind miteinander schwatzten. Aber auf *eines* hielt sie strenge. Sie konnte es nicht leiden, wenn Jan der Kleinen sagte, daß sie so schön und besonders sei, und das tat er gar zu gerne. Denn wenn Klara Gulla schon als kleines Kind eine hohe Meinung von sich selbst bekam, dann wußte ja Kattrinna, daß nie und nimmer ein vernünftiges Frauenzimmer aus ihr werden konnte.

Jan trieb es zu arg, er kam auf alles Mögliche, was das Kind hoffärtig machen mußte. Aber an diesem Abend war Kattrinna ganz ruhig, denn nun saß er da und erzählte von Dingen, die sich früher einmal in der Welt zugetragen hatten, zu der Zeit, als die Erde erschaffen wurde und die Menschen sie zu erfüllen begannen. Er war gerade dabei, die alte Geschichte vom Turm zu Babel zu erzählen, und da konnte man ja hoffen, daß er keine Gelegenheit finden würde, mit seinen gewohnten Torheiten zu kommen.

»Ja, und da haben sie Lehm herbeigeschleppt«, sagte Jan, »und sie haben Ziegel geschlagen, und Kalk haben sie gelöscht und ein Gerüst aufgerichtet, und mit jedem Tag ist der Turm höher geworden.

Sie haben schon gewußt, daß es unserem Herrgott nicht recht ist, wenn sie den Turm bauen, aber danach haben sie nicht viel gefragt. Denn sie hatten sich's einmal vorgenommen, sie wollten bis zum Himmel hinauf, um zu sehen, wie's dort ausschaut.

›Hört einmal, ihr guten Leute‹, hat da der liebe Gott gesagt, ›jetzt sag' ich's euch aber zum letztenmal: wenn ihr nicht gleich von hier weggeht und mit der Bauerei aufhört, dann kann ich mir nicht helfen, ich muß ein Unglück über euch kommen lassen. Und das wird ein solches Unglück sein, das ihr nie loswerdet, und niemand kann euch dagegen helfen.‹

Aber die Menschen, die haben sich gedacht, ach was, unser Herrgott wird schon langmütig sein, wie gewöhnlich. Und sie haben weiter an ihrem Turm gebaut, und jeden Tag sind sie ein Stückel höher gekommen.

Da ist aber unser Herrgott hergegangen und hat ihre Sprache ganz durcheinandergebracht. Siehst, bis zu dem Tag haben sie so gesprochen, daß eins das andere verstanden hat, aber jetzt war's damit aus.

Wenn die Maurermeister jetzt sagen wollten: ›Gib mir Lehm!‹ Dann haben sie anstatt dessen gesagt: ›Fitzliputzli Fitzliputzli.‹ Und wenn die Lehrlinge haben fragen wollen, was sie denn meinen, da haben sie gesagt: ›Erbe, derbe, mirbe, marbe.‹ Na, da kann man sich nicht wundern, daß sie sich nicht verstanden haben.

Die Meister, die haben geglaubt, die Lehrlinge wollen sie zum Narren halten. Aber wenn sie sagen wollten: sprecht doch ordentlich, dann haben sie gesagt: ›Ullen dullen dorf!‹ Na, und wenn die Lehrlinge fragen wollten, warum sie ein so böses Gesicht machen, da haben sie nichts anderes herausgebracht als: ›Abrakadabra?‹

Und da sind sie alle miteinander zornig geworden und sind sich in die Haare gefahren und haben zu raufen angefangen.

Na, und von dem Tag an war's aus mit der Freundschaft zwischen den Menschen, und niemand hat mehr daran gedacht, weiter an dem Turm zu bauen, sondern ein jedes ist für sich gegangen.«

Als Jan in seiner Erzählung so weit gekommen war, schielte er zu Kattrinna hinüber. Der Spinnrocken stand stille, und es sah beinahe aus, als seien Frau und Katze eingeschlummert. Da nahm Jan seine Erzählung wieder auf. Er senkte die Stimme nur ein wenig.

»Aber unter all den anderen dort in Babylon, die an dem Turm gebaut hatten, war auch ein König und eine Königin, und die hatten eine kleine Prinzessin. Und auf einmal fängt auch dieses kleine Mädel an, so närrisch zu sprechen, daß ihre Eltern und alle anderen Leute nicht ein einziges Wort verstanden haben.

Da wollt' der König und die Königin sie nicht mehr auf ihrem Schloß behalten, sie haben sie fortgejagt, und sie mußt' ganz mutterseelenallein in die große, weite Welt hinaus.

Da war sie natürlich ganz verzagt. Sie hat ja nicht gewußt, wem sie da unterwegs begegnen kann. Für einen Bären oder einen Wolf war es ja ein Kinderspiel, so eine kleine Prinzessin aufzufressen, wenn sie ihm in den Weg lief.

Aber so zart und fein sie auch war, so hat ihr doch niemand was zu Leid getan.

Nein, im Gegenteil, alle, denen sie begegnet ist, sind freundlich auf sie zugegangen und haben ihr die Hand gegeben und gefragt, wo sie denn hin will. Aber was sie zur Antwort gegeben hat, davon haben sie kein Wort verstanden, na, und da haben sie sich nicht weiter um sie gekümmert.

So lieb und fein wie sie war, braucht' sie nur in die Schlösser und Burgen hinaufzukommen, da haben sie die Türen sperrangelweit aufgerissen und sie hineingehen lassen. Aber wenn sie den Mund aufgemacht und man ihre närrische Sprache gehört hat, da hat sie gleich wieder fortmüssen.

Na, und endlich, da war sie schon durch alle Königreiche gewandert, die's gibt, da kommt sie eines Abends spät in einen großmächtigen Wald, und als sie durch den Wald gegangen ist, da sieht sie eine kleine Hütte, die war so niedrig, daß sie grad noch durch die Tür durchkonnt', und da geht sie hinein und sagt ›Grüß Gott‹.

Da drinnen sitzt die Bäuerin und spinnt, und der Bauer sitzt am Herd und wärmt sich. Und wie sie sehen, daß ein Fremdes zur Tür hereinkommt, so sagen sie auch: ›Grüß Gott‹.

Da hat die kleine Prinzessin eine schreckliche Freude gehabt, denn da in der Hütte haben sie akkurat so gesprochen, daß sie sie verstehen konnt'. Aber sie war sehr vorsichtig, sie hat ihnen nicht gleich alles erklären wollen.

›Wie heißt denn diese Hütte?‹ hat sie gefragt, um sie auf die Probe zu stellen.

›Die heißt Skrolycka‹, haben sie gleich geantwortet, und da hat sie schon gemerkt, daß sie sie verstanden haben.

Und da war sie ganz wild vor lauter Freude, aber sie hat gemeint, es ist doch besser, wenn sie sie noch einmal auf die Probe stellt.

›Wie heißt denn die Sprache, die ihr hier im Haus sprecht?‹ hat sie gesagt.

›Das ist die värmländische Sprache‹, haben die Leute in der Hütte gesagt.

Und da ist die kleine Prinzessin zu ihnen hingegangen und hat sie gebeten, daß sie bei ihnen bleiben darf, denn hier wär' der einzige Ort auf der Welt, wo sie verstehen konnten, was sie geredet hat.

Aber wie sie zum Feuer hingekommen ist, da haben die Leute ja gesehen, daß sie eine kleine Prinzessin von Babylonien ist. Und da haben sie ihr gesagt, daß sie fehlgegangen sein muß. Und sie haben ihr gesagt, es könnt' ihr unmöglich bei ihnen gefallen. Die värmländische Sprache, die wär' ja überall, in jedem Haus, in der ganzen Gegend hier herum bekannt, haben sie gesagt, sie könnt' überall hingehen, wo es ihr beliebt.

Aber die kleine Prinzessin, die hat auf diesem Ohr nicht gehört. ›Nein‹, hat sie gesagt, ›ich merk' schon, daß ich recht gegangen bin. Und hier will ich bleiben. Denn hier hat man eine Freude und einen Nutzen von mir.‹«

Die kleine Klara Gulla war ganz still auf Jans Schoß gesessen und hatte gelauscht, und ihre Augen waren vor Staunen immer runder und runder geworden. Aber als jetzt Jan zu erzählen aufhörte, saß sie zuerst ganz stumm da, dann drehte und wendete sie das Köpfchen und guckte sich alles in der Stube an, so, als hätte sie es noch nie gesehen.

»Ja, jetzt kann's ja noch so bleiben, wie's ist, eine Zeitlang«, sagte sie endlich. »Aber bis ich einmal groß bin, dann geh' ich schon wieder dorthin zurück, wo ich her bin.«

Jan machte ein langes Gesicht. Und das Schlimmste war, daß Kattrinna jetzt wach war und den Schluß des Gesprächs gehört hatte.

»Ja, siehst du, das hast du davon, daß du dem Mädel immer einreden willst, daß sie gar so was Feines und Besonderes ist!« sagte sie.

Die Himmelstreppe

Rede in der schwedischen Akademie am 20. Dezember 1920

In dem Jahre, das vergangen ist, seit wir uns zum letzten Male um den langen Tisch im Börsesaal versammelten, ist uns der Schmerz, ein Mitglied unserer Akademie zu verlieren, erspart geblieben, und es mag daher scheinen, als müßte unsere heutige Zusammenkunft nicht wie so oft zuvor ausschließlich der Feier des Andenkens eines Verstorbenen gewidmet sein. Aber wenn auch die Sichel des Sensenmanns nicht über unserem Acker aufblitzte, so wissen wir doch, daß sie andere Felder verheert hat, und gerne möchte ich für einige kurze Augenblicke eure Gedanken einer köstlichen Blume zuwenden, die geknickt ward, einer schimmernden Edellilie, die nicht mehr im Lustgarten leuchtet.

Ich will euch erzählen, wie sie sich mir gezeigt hat und wo ich sie leben und blühen gesehen. Darum: lasset uns nun von allem absehen, was wir jetzt vor unsern Augen haben, und lasset euch bedünken, ihr stündet mit mir auf einem der Marktplätze dieser Welt, Handel und Feilschen rings um uns auf allen Seiten.

Mitten auf dem Marktplatze aus dem dichten Gewühl von Buden und Ständen erhebt sich eine hohe Treppe. Sie führt über mächtige Wölbungen zu einem Tempel hinan, der auf schwindelnd-steiler Höhe erbaut ist. Aber der Tempel liegt so hoch oben, zwischen Nebel und Wolken, daß kaum mehr davon sichtbar wird als das geschmückte Portal, von dem ein so klares Licht ausstrahlt, daß man glauben könnte, es führte in Gottes Himmelreich hinein.

Rings auf dem Markte gehen die Menschen in ihrem Streben und ihrer Arbeit, aber die hohe Treppe hinan sehen wir niemand wandern. Einigen scheint sie wohl zu mühselig, und andere fürchten, schwindlig zu werden und zu fallen, wenn sie die erschreckende Höhe erreichen wollten. Ja, da sind ihrer auch viele, die die Treppe gar nicht bemerken, obwohl sie sich mitten unter ihnen erhebt und die Stufen breit und aus dem weißesten Marmelstein sind.

Während wir so stehen und über die gewaltige Tempeltreppe staunen, sieh da, da kommt eine junge Frau zwischen den Reihen von Buden und Ständen herangewandert. Sie geht da in wallenden, pelzverbrämten Kleidern, und sie sieht aus wie eine, die Herrin in einem großen Hause ist. Sie ist mit Mann und Kindern und Gesinde auf den Markt gekommen, um ihre Einkäufe zu machen und für den Unterhalt und das Behagen der Ihren zu sorgen, wie es einer umsichtigen Hausfrau ansteht.

Sie ist eine von jenen, die die Treppe sehen, und ihre Blicke eilen empor bis zur Tempelpforte, aus der das blendende Licht strahlt. Einen Augenblick biegt sie zur Treppe ab, so als wollte sie sie emporeilen, aber dann denkt sie wohl daran, wieviel sie noch unten auf dem Markte zu bestellen hat, und hält inne.

Sie geht dann, den Schlüsselbund am Gürtel und den Geldbeutel in der Hand, sie macht ihre Einkäufe mit Klugheit und Sorgfalt, und wie sie so von Stand zu Stand geht, loben sie die Marktleute, weil sie versteht, was sie tut, und weiß, was sie will, und klaren Bescheid gibt. Und ihre Diener stimmen in das Lob der jungen Herrin ein und sagen, daß in ihrem Hause Ordnung und Behagen herrschen und gute friedvolle Tage.

Wenn nun eure Augen ihr folgen, während sie die Körbe ihrer Diener mit Lebensmitteln füllt und die Kinder unter den Schätzen der Spielzeughändler wählen läßt, dann wundert ihr euch sicherlich, daß ihre Blicke so oft zur Mitte des Marktes schweifen, zu der hohen Marmortreppe, und daß in ihnen ein so inbrünstiger Wunsch zu lesen ist, sie zu ersteigen. Denn ihr könnt nicht umhin zu bemerken, daß sie eine von jenen ist, die sich in dieser Welt gut zurechtfinden.

Sie steht noch bei den Buden, wo man die Notdurft des Lebens feilbietet, als es uns bedünken will, daß sich auf den untersten Stufen der Treppe etwas zu regen beginnt.

Es ist etwas, das ihre Gestalt und ihr Aussehen hat, aber zugleich ist es wie ein durchsichtiger Nebel. Wir können doch nicht glauben, daß das, was wir sehen, etwas mit der jungen Frau zu tun hat, denn sie geht in aller Seelenruhe mit den Ihren über den Markt.

Sie ist jetzt zu den Ständen der Blumenhändler gekommen, die dicht nebeneinander stehen, eine lange Zeile.

Bei ihnen gibt es Blumen in Hülle und Fülle, aus Treibhäusern wie aus Lustgärten, und die Augen der jungen Frau leuchten bei ihrem Anblick auf. Aber wenn sie Blumen sieht, die schlecht gepflegt sind, dann kann sie sich nicht zufrieden geben, sondern sie bleibt stehen und befiehlt, daß die Rose, die in der Sonnenhitze verschmachtet, in den Schatten gestellt werde; und für ein Büschel abgeschnittener Veilchen, die auf den Ladentisch hingeworfen sind, läßt sie eine Schale Wasser holen. Aber von den wilden Blumen eines alten Weibleins kauft sie einen ganzen

Arm voll, um zu zeigen, daß sie in ihren Augen denselben Wert haben, wie die gezüchteten. Und sie nimmt die wilden Blumen in die Hand und ruft ihre Kinder und sagt ihnen, hier seien einige, die mit den schönsten Namen geschmückt wurden, die die Menschen nur ausfindig machen konnten, und da seien andere, über die heilige Sagen gedichtet wurden, und wieder andere hätten als Heilmittel gedient, und einige hätten Liebesbotschaft zwischen Liebenden getragen, und andere wieder seien Treue- und Erinnerungsblumen.

Wir merken, daß ihr Herz sich hier heimisch fühlt. Wenn sie ihre Hand auf eine abgeschnittene Blume legt, scheint sie zu neuem Leben zu erwachen.

Wenn wir sie unter den Blumen sehen, beginnen wir zu glauben, daß die Gestalt auf der Treppe nichts anderes ist, als eine Sinnestäuschung. Aber sieh da! Als wir die Augen in diese Richtung wenden, ist sie noch immer da. Doch sie wandelt sich und wechselt, so daß sie uns zuweilen ein gaukelnder Sonnenstrahl scheint, zuweilen möchte man glauben, es sei der holdeste Schmetterling, der mit lilienweißen Flügeln über die Stufen flattert.

Wieder folgen wir der Wanderung der jungen Frau über den Marktplatz dieser Welt. Wir sehen sie in die Zelte der Spielenden und Wetteifernden treten und sehen, wie sie da alle Feierlichkeit fahren läßt und an den Übungen und Spielen teilzunehmen beginnt. Sie ist jung und gesund, ihr Lachen klingt sorglos, wie das keiner anderen, die Augen blitzen vor Mut, die Stimme befiehlt. Selten haben wir jemand sich mit solchem Eifer und solcher Lust Spiel und Wettkampf hingeben sehen.

Aber auch währenddessen gleitet ihr Blick zu der großen Treppe hin. Und wir verstehen, daß, was sich dort bewegt, und bald wie ein Sonnenstrahl ist, bald wie ein Schmetterling, bald wie ein bleiches Nebelbild, ihre Seele sein muß, die auf einer Schlafwanderung die hohe Himmelstreppe hinan begriffen ist. Und ohne recht zu wissen warum, beginnen wir uns zu ängstigen, wir wissen nicht, was für ein Ende diese Wanderung nehmen wird.

Aber dort unten auf dem Marktplatz dieser Welt sehen wir, wie die junge Frau zuweilen Kindern begegnet, die hohle Wangen haben, und Körperchen, die in Auszehrung welken. Sie bleibt unter ihnen stehen, wie sie unter den Blumen stehen blieb, und sie öffnet ihnen ihre Arme, und sie gönnt sich keine Ruhe, bis sie sie zu dem Zelt der Ärzte und der Kräuterkundigen gebracht hat, damit sie gepflegt und geheilt werden.

Wir sehen sie auch in die Flitterbuden treten und in die Zelte der Lustbarkeiten. Dort folgen ihr viele Blicke, und viele Huldigungen werden ihr dargebracht, weil sie schön und von hohem Stamme ist. Aber nie sehen wir sie so ernst, wie unter Tand und Eitelkeit, nie strahlen ihre Augen so froh, als wenn sie dem Ernst und der Wirklichkeit begegnet.

Was sie auch vornehmen mag, immer bewegt sich dies, das ihr Gleichnis und Ebenbild ist, die hohe Treppe empor, die zum Tempel auf dem Himmelsberg führt. Es strebt der Höhe zu, beharrlich und ohne Zögern, obwohl wir sehen können, daß es vor der schwindelnden Höhe und der nie aufhörenden Reihe von glatten Marmorsteinen zurückbebt.

Aber während wir so der Wanderung der jungen Frau auf dem Markte und über die Treppe folgen, bricht auf dem Marktplatz dieser Welt ein großer Tumult und eine heftige Verwirrung aus. Die Verkäufer schlagen ihre Stände zu, und die Schaubudenbesitzer reißen ihre Zeltpfähle heraus. Die Kirchenglocken entsenden ihr warnendes Dröhnen, und Flüchtlinge eilen vorbei mit ihrem Hab und Gut. Überall ruft man, daß der Krieg gekommen ist und daß die Flamme seines verheerenden Brandes schon am Horizonte leuchtet.

Da erwarten wir, daß auch die junge Frau vor der Gefahr weg in ihr Haus eilen wird. Aber sie steht ganz still und blickt einer Schar Krieger nach, die fortgeeilt sind, um ihr Land zu schützen und zu schirmen. Unter ihnen sind viele, die so arm sind, daß sie nicht Kleider genug haben, um ihren Körper vor Regen und Sturm zu schützen. Und während sie sie betrachtet, wird ihr Antlitz bleich, und ihre Augen beginnen zu schimmern.

Und plötzlich tritt sie auf den Markt vor, um die Barmherzigkeit der Menschen anzurufen. Sie unterdrückt ihre Schüchternheit, um für jene, die wachen und hüten müssen, Gaben zu erbetteln, damit sie nicht untergehen, während sie ihrem Lande dienen.

Aber während sie so zu bitten und zu flehen beginnt, steigt ihr Ebenbild auf der Treppe mit neuer Leichtigkeit und Zuversicht immer schwindelnderen Höhen zu.

Dort unten auf dem Marktplatz dieser Welt ziehen noch elendere Wesen an ihr vorbei. Da kommen jene, die an den Schlachten teilgenommen haben und gefangengenommen und in fremde Länder weggeschleppt werden, mit verwundetem, notleidendem Körper, gequälter und verzweifelter Seele.

Und wir sehen, wie ihre Augen sich bei dem Anblick mit Tränen füllen. Sie nimmt ihren Mut zusammen und ruft ihnen zu, daß sie tun will, was sie vermag, um ihnen zu Hilfe zu kommen.

Und um ihretwillen macht sie sich gleichsam zu einer Verkäuferin auf dem Marktplatz dieser Welt und bietet die Arbeiten der armen Gefangenen aus, damit sie ihnen senden kann, was sie an Kleidern und Nahrung, an Schuhwerk und Arzneimitteln brauchen.

Während sie so für die in Feindeshand Gefallenen verkauft und sammelt, sieh, da eilt ihr Ebenbild wie mit beflügelten Schritten die Treppe empor, so daß wir rufen und warnen möchten: »Merkt denn niemand, daß die Seele dieser Frau auf dem Wege zum Tempel auf dem Himmelsberge ist? Haben die, die sie lieben, keine Furcht, sie zu verlieren?«

Wieder begegnet sie einer Schar Frauen, die die Hände in Verzweiflung ringen und deren Augen vor Sehnsucht brennen. Das sind solche, die Schwestern oder Frauen oder Mütter oder Bräute von Männern sind, die der Krieg verschlungen hat, und die nichts von denen wissen, die sie geliebt haben.

Und da sehen wir, wie die junge Frau sich an den Tisch des Schreibers setzt und wie sie die Helferin und Erleuchterin der armen Frauen wird. Zu gleicher Zeit schreitet ihr Ebenbild der obersten Höhe der Treppe so ruhig und sicher zu, wie eine Königin über die Schwelle ihres Schlosses wandert.

Aber dort unten auf dem Marktplatz dieser Welt haben immer mehr Kunde erhalten von ihrer Macht zu helfen und ihrer Willigkeit beizuspringen, und all die Blinden, die früher auf dem Markte bettelten, versammeln sich um sie. »Wir sind die Gefangenen der Dunkelheit«, rufen sie ihr zu, »denke auch an uns in unserem Elend.«

Sie hört ihre Bitte, und sie hilft ihnen; und während sie für sie sammelt und verkauft, da kommt die Gestalt auf der Treppe dem Tempel auf dem Himmelsberge so nahe, daß der Schimmer aus dem Tore sich über sie ergießt wie ein Mantel und über ihrem Haupte strahlt, wie eine Sternenkrone.

Nun beginnt ihr Körper, der noch auf dem Marktplatz dieser Welt wandert, von Krankheit zu ermatten, und man führt ihr Ärzte zu, aber keiner vermag sie zu heilen, weil ihre Seele die Treppe zum Himmelsberg hinangestiegen ist und sich danach sehnt, im Lichte zu verschwinden.

Auch fühlt sie kein Erbarmen mit ihrem Körper, sondern verschmäht es, ihn zu schonen. Sie läßt ihn untergehen, gleichsam auf daß er sie nicht behindere und im Irdischen zurückhalte.

Und ein Tag kommt, da ist ihre Seele so nahe dem Ziel, daß sie ihre Sehnsucht nicht mehr bezwingen kann. Da reißt sie sich mit einem kurzen Kampf von allem los, das bindet, und wir sehen sie über die Tempelschwelle eilen und durch das strahlende Portal in Gottes Herrlichkeit hineingleiten.

Aber als dies geschehen ist, kommt große Trauer über alle, die da auf dem Marktplatz dieser Welt Handel und Wandel treiben. Sie senken ihre Freudenfahnen und halten inne mit ihren Spielen. Sie lassen ihre Schalmeien verstummen und hüllen sich in Trauerflöre.

Wo einer einem anderen begegnet, da drücken sie sich die Hände und flüstern, daß die Menschen auf diesem Marktplatz nun die verloren haben, die ihre Augenweide und Sonne war, nun ist sie dahin, sie, die ihre Stütze und ihr Trost gewesen.

In der Zeile der Blumenhändler geht ein Mann mit einem Büschel Lilien in der Hand. Er ruft und sagt, daß das ihre Lieblingsblumen waren, und um ihretwillen hat er sie aus fremden Landen heimgebracht. Es ist eine so schwere Enttäuschung für ihn, daß er ihre Augen nicht mehr mit diesem Anblick erfreuen konnte.

Mitten in der Volksmenge steht ein junger Mann, der blind ist. »Ich fand den Weg in ihr Haus«, sagte er, »und sie ermunterte mich, und ihr zuliebe arbeitete ich mehr als ein Sehender. Nun habe ich meinen Meisterbrief bekommen, aber welche Freude kann mir dies machen, wenn ich ihn ihr nicht mehr zu Füßen legen kann?«

Vom Lande kommt eine arme Wanderin. Sie bleibt stehen und fragt, warum alle so betrübt sind, und als sie es erfährt, bricht auch sie in Tränen aus. »Ich war ja in die Stadt gekommen, um ihr zu zeigen, was aus dem Garn geworden ist, das sie mir geschickt hat«, sagt sie. »Aber wer soll sich nun an meiner Arbeit freuen?«

»Warum mußte sie uns verlassen?« klagt einer. »Wer war glücklicher als sie? Sie hätte uns das Geheimnis des Glücks gelehrt.«

»Warum mußte sie uns verlassen?« ruft ein anderer. »Wer war klüger als sie? Sie hätte uns gelehrt, den rechten Weg zu gehen.«

»Warum mußte sie uns verlassen?« so ertönt es von allen Seiten. »Wer war gewissenhafter als sie? Sie hätte uns gelehrt, unsere Pflichten als unsere besten Freunde zu betrachten.«

»Wer war fröhlicher, wer war fleißiger, wer war fähiger? Warum mußte sie uns verlassen?«

Nie gab es noch einen so großen Aufruhr gegen den Tod. Nie waren Menschen so von der bitteren Gewißheit erfüllt, daß sie ihr Höchstes verloren hatten.

Während der Schmerz am größten ist, kommen all die alten Klageweiber, die sonst über die Dahingegangenen zu jammern pflegen, über den Markt gezogen. Aber sie wandern nicht zu der Bahre der Toten, im Trauerhause, sondern sie lagern sich zu Füßen der hohen Himmelstreppe in der Mitte des Marktes.

Und sie erheben ihre Stimmen nicht zur Klage, sondern sie beginnen die junge Frau zu preisen und ihr lobzusingen, ob ihrer glückhaften Wanderung den steilen Berg hinan.

»Selig bist du«, rufen sie, »weil du das Geheimnis dieser Treppe ergründet hast. Selig bist du, weil du auf ihr den Himmelsberg erklommen hast.«

Die Menschen auf dem Marktplatz sind von all dem, was sie gehört, und all dem, was sie selbst erfahren haben, von glühender Liebe zu der Entschwundenen entflammt worden. Sie gehen umher, in Trauer, wie Kinder, die ihre Mutter verloren haben.

»Wo ist sie?« sagen sie. »Wo können wir sie finden?« Da sehen sie die Klagefrauen zu Füßen der Treppe, und hören, wie sie ihre Stimmen erheben, zu Preis und Lobgesang.

»Selig bist du, die du den rechten Weg gefunden, den einzigen, der in das Licht und die Herrlichkeit führt.«

Als die Menschen dies hören, nähern sie sich der Treppe und schicken sich an, sie zu besteigen, denn sie wollen die Entrissene finden, und wie könnten sie sie erreichen, wenn sie ihr nicht auf dem Wege folgen, den sie gewandert ist?

Die alten Klagefrauen ziehen einen Kreis um die Treppe. »Selig bist du, weil du auf den Pfaden der Erde wandeltest und heimisch warst in dieser Welt«, rufen sie. »Preis dir, daß du dich an der Schönheit des Erdenlebens freutest, an seinem Reichtum und an seinen Pflichten. Heil dir, weil du alles Menschliche erfassen konntest, das Niedrige erhöhen, das Gesunkene aufrichten.«

Die Menschen drängen sich immer näher an die Treppe, aber die Klagefrauen fahren fort zu rufen:

»Preis dir, weil du das Geheimnis dieser Treppe kanntest! Heil dir, daß du nie versuchtest, sie mit deinem Fuße zu besteigen! Denn alle, die dies versucht haben, sie sind auf dem Marmor ausgeglitten oder im Emporsteigen ermattet.«

»Selig bist du, weil du wußtest, für die Wanderung auf dem Marktplatz dieser Welt ist der Mensch geschaffen. *Nur die Sehnsucht seiner Seele kann über diese Treppe empor zum Himmel finden.*«

Traum vom Tagelöhner

Vor etwa fünfzig, sechzig Jahren lebte ein Mann, der war Tagelöhner bei einem Gutsbesitzer, v. Dobberichsen. Aber welche Bewandtnis es mit ihm hatte, davon weiß ich eigentlich nichts. Nicht, ob er jung oder alt war, ob tüchtig oder untüchtig. Das wahrscheinlichste ist wohl, daß er es so hatte wie die meisten anderen seines Standes. Den lieben langen Tag ging er seiner Arbeit auf dem Gutshof nach, und wenn er abends heim kam, dann empfing ihn eine abgerackerte Frau und eine große schreiende Kinderschar.

Was für ein Gutsbesitzer v. Dobberichsen war, bei dem er diente, kann ich auch nicht sagen, ja ich weiß nicht einmal, wo sein Gut lag, und ob es groß oder klein war. Es wäre ja hübsch, wenn ich davon erzählen könnte, aber mit der Geschichte selbst hat es gar nichts zu tun. Auch hat es nichts zu bedeuten, daß ich nicht weiß, was für eine Art Mensch dieser Gutsbesitzer v. Dobberichsen war. Man kann sich ja immerhin denken, daß er ein Gutsherr vom alten Schrot und Korn war, der aus seinen Tagelöhnern soviel Arbeit herauspreßte, als möglich war, und ihnen nicht mehr zum Leben gab, als daß sie schlecht und recht ihr Dasein fristen konnten.

Nun geschah es aber eines Abends, daß dieser Mann, der Tagelöhner beim Gutsherrn v. Dobberichsen war, zu einer Gebetsversammlung in einen Bauernhof ging, um einen Laienprediger zu hören.

Was für ein Prediger dies nun sein mochte, kann ich auch nicht sagen. Vielleicht, daß er ein Wanderprediger war, von irgendeiner Missionsgesellschaft ausgesandt, vielleicht auch predigte er aus eigenem Antrieb. Aber man kann wohl davon ausgehen, daß er ein redlicher, glaubenseifriger Mann war, der sich freute, daß er für sein Teil der Seligkeit sicher sein konnte und darum so viele andere, als nur möglich, aus dem Sündenschlummer erwecken wollte. Und da er keinen besseren Weg kannte, seine Mitmenschen wachzurütteln, so sprach er den ganzen Abend lang von der Hölle und wie es dort zuging.

Sicherlich machte er seine Sache gut, so daß es mehrere Erweckungen und Bekehrungen gab. Aber dieser Mann, der Tagelöhner beim Gutsherrn v. Dobberichsen war, war nicht mit unter denen, über die die Gnade sich ergoß. Er hörte die ganze Zeit andächtig zu und glaubte jedes Wort, aber er hatte wohl nicht die rechte Gesinnung. Es kam zu keinem Ruf und keiner Auserwählung. Er fühlte nicht das kleinste bißchen Reue oder Lust, seine Sündenschuld abzuwerfen, und da dem so war, wurde es ihm klar, daß die Hölle ein Ort war, dem er für sein Teil nicht entrinnen konnte.

Als er nachts heimkehrte, ging er mit ein paar anderen Leuten, die auch Tagelöhner bei Dobberichsen waren, so wie er. Und es war ja natürlich, daß sie alle miteinander, wie sie da gingen, an den Prediger und den Vortrag dachten.

Aber ob es die Müdigkeit machte oder ob sie von der Predigt ergriffen waren, sicher ist, daß keiner von ihnen ein Wort sagte, bis der Mann, von dem ich eben erzählte, seinen bekümmerten Gedanken Luft machte und seine Stimme erhob und ihnen die Schlußfolgerung verkündete, zu der er gekommen war.

»Wenn einer all sein Lebtag Tagelöhner bei Dobberichsen gewesen ist und dann noch in die Hölle kommen soll, wenn er tot ist, dann hat einer nicht viel Freude daran gehabt, daß er auf die Welt gekommen ist.«

Alle die anderen horchten auf. Es kam ihnen vor, daß das merkwürdige Worte und wahre Worte waren, und daß der Kamerad gerade das ausgesprochen hatte, was sie selbst fühlten, während sie so müde und niedergeschlagen einhergingen.

Es standen vielleicht Mond und Sterne am Himmel und erleuchteten die Nacht, aber sie dachten gar nicht daran, die Blicke emporzurichten. Früher hatten sie vielleicht die leise Hoffnung gehegt, einmal dort oben im Sternensaal umhergehen zu können, aber nun wußten sie ja, daß sie von dieser Herrlichkeit ausgeschlossen waren.

Sie hätten sich ja gewünscht, daß sie ihre Sünden bereuen und in die Seligkeit eingehen könnten, aber wenn dies nicht anders geschehen konnte als durch Seufzen und Jammern nach Weiberart und dies ihnen unmöglich war, so bestand ja kein Zweifel, welches Schicksal sie erwartete.

Sie griffen die gesprochenen Worte auf und wiederholten sie. Ja, das war so wahr, als nur etwas wahr sein konnte. Wenn eins all sein Lebtag Tagelöhner bei Dobberichsen gewesen war! Ei freilich! Das war kein Spaß! Nur Plage und Arbeit das liebe lange Jahr! Keinen anderen Lohn als Lumpen und Hunger. Und dann obendrein nach alledem nichts anderes zu erwarten als die Hölle. Nein, da hatte man nicht viel Freude davon, daß man auf die Welt gekommen war.

Die Männer, die die Worte gehört hatten, waren so ergriffen davon, daß sie ihren Frauen daheim erzählten, und bald machten sie im Kirchspiel die Runde. Ob sie dem Gutsherrn v. Dobberichsen zu Ohren kamen, weiß ich nicht, aber sicher ist, daß sie sich über die ganze Provinz verbreiteten, ja durchs ganze Land. Man gebrauchte sie fast als ein Sprichwort, und wer eine schwere Arbeit und kargen Lohn hatte, der murmelte oftmals bei sich selbst: Wenn eins all sein Lebtag Tagelöhner bei Dobberichsen gewesen ist –

Auch ich bekam dieses Sprichwort zu hören, als ich ein Kind war. Und es muß mir als ein rechtes Kernwort erschienen sein, kräftig und gerade zur Sache, denn es prägte sich mir so tief ein, daß ich es bis zum heutigen Tage nicht vergessen konnte.

Ja, es gab mir auch allerlei zum Grübeln. Ich konnte mich nicht damit abfinden, daß dieser Tagelöhner bei Dobberichsen es so schlimm haben mußte. Sollte es denn keine Hoffnung für ihn geben?

Wenn er nicht bereuen und sich bekehren konnte, so konnte er doch auf andere Weise die Seligkeit erringen. Er hätte vielleicht einen Menschen vor dem Ertrinken bewahren oder jemanden aus einem brennenden Hause erretten können.

Aber so etwas, das waren ja gute Werke und Taten, und das durfte ja nicht gelten.

Manchmal dachte ich mir aus, daß er vielleicht eine Tochter gehabt hatte, die sich reich verheiratete, und daß er auf seine alten Tage zu ihr kam und es gut hatte. Ich konnte es nicht ertragen, daß ein Menschenleben so armselig und freudlos verlaufen sollte, in dieser Welt und in der künftigen.

Aber wie ich mich auch mühte, ich konnte mit dem Mann nicht fertig werden. Ihm ein paar Glückstage hier auf Erden zu geben, war nicht genug. Und wie ich ihn in die Seligkeit hineinbringen sollte, das konnte ich nicht begreifen.

Es war doch nicht gerecht, daß er in die Hölle kommen sollte. Dahin gehören ja die großen Missetäter, aber nicht brave, harmlose Leute wie er.

Nun ja, wie dem auch sein mochte, ich kam in der Sache nie zu rechter Klarheit. Und wie die Jahre gingen, hatten sich meine Gedanken mit anderem zu beschäftigen. Aber ich vergaß doch den Tagelöhner bei Dobberichsen nicht ganz. Bis in die letzte Zeit konnte ich mich darauf ertappen, daß ich dasaß und nachgrübelte, ob er nicht doch auf irgendeine Weise die Seligkeit erlangen konnte.

Nun, heuer in der letzten Nacht des Jahres träumte mir von ihm.

Ich träumte, daß ich über eine breite Landstraße wanderte, und neben mir ging ein langer, magerer Mann. Und im selben Augenblick, in dem ich den Mann sah, wußte ich, daß es der Tagelöhner bei Dobberichsen war. Ich wußte auch, daß er in derselben Nacht gestorben war und nun auf dem Weg in den Himmel war, um vor dem lieben Gott zu stehen und den Urteilsspruch, Seligkeit oder Unseligkeit, zu hören.

Da wurde ich ganz unbändig froh, daß ich ihn getroffen hatte. Nun endlich sollte ich erfahren, wie es ihm in der anderen Welt ergehen würde.

Freilich nahm es mich ein wenig wunder, daß er bis jetzt auf Erden gelebt hatte, aber das focht mich weiter nicht an. Die Hauptsache war ja doch, daß ich jetzt ordentlichen Bescheid bekommen würde.

Gleich darauf waren wir an der Pforte des Himmelreichs. Eigentlich war es ja gar kein Himmelreich, sondern es war das große, einstöckige Wohnhaus des Pfarrhofs Sunne, das wir vor uns sahen. Aber das störte uns nicht im geringsten; der Tagelöhner und ich, wir fanden beide, daß es ganz so war, wie es sein sollte.

Wir brauchten nicht lange zu warten, im nächsten Augenblick standen wir vor dem lieben Gott. Das heißt, es war nicht gerade der liebe Gott, sondern es war der alte Propst Werner in Sunne, der an seinem großen Schreibtisch saß und uns musterte. Ich erkannte sein großes, breites Gesicht mit dem schwarzen Backenbart, der es noch breiter machte, aber das bedeutete nichts, denn es war ja auf jeden Fall doch der liebe Gott.

Gerade rechts vom Schreibtisch war eine Tür, und ich wußte, daß man durch sie in den großen Pfarrhofsalon kam. Und zugleich begriff ich, daß sich dort drinnen jene aufhielten, denen die Seligkeit zugesprochen war.

Während ich noch so stand und die Tür anstarrte, hatte der liebe Gott den Mann gefragt, wie er heiße und wo er zuständig sei, und dann schlug er ihn in dem großen Katechisationsbuch nach. Er sah nach, was da über ihn vermerkt stand, und dann wies er, ohne eine einzige Frage zu stellen, auf die Salontüre.

»Bitte sehr«, sagte er zu dem Manne, der Taglöhner bei Dobberichsen gewesen war.

Der Mann näherte sich ganz gemächlich der Türe, aber nun konnte ich nicht länger an mich halten.

»Es wird doch wohl kein Irrtum sein«, sagte ich gerade im selben Augenblick, in dem der Tagelöhner die Hand auf die Türklinke legte.

»Wie das?« sagte der liebe Gott und blinzelte mit den Augen. Genau so pflegte Propst Werner dazusitzen und zu blinzeln, wenn er darauf wartete, daß man ihm mit einer dummen Frage kommen würde.

»Nun ja«, sagte ich, »ich meine nur, ob er sich denn die Seligkeit auch recht verdient hat.«

»Ach du liebe Zeit«, sagte unser Herrgott, »er sollte sich die Seligkeit nicht verdient haben? Hat er doch jeden Tag gearbeitet von der frühesten Kindheit bis ins hohe Alter.«

»Aber darf denn das zählen?« fragte ich, denn das war mir nie eingefallen.

»Gewiß darf das zählen«, sagte der liebe Gott. »Das zählt mehr als alles andere.«

Und damit stand er selbst auf und öffnete dem Mann, der Tagelöhner beim Gutsherrn Dobberichsen gewesen war, die Türe.

Aber ich, ich wurde so froh, daß ich erwachte.

Während ich so halbwach dalag, spürte ich, wie eine große Freude mein ganzes Wesen erfüllte, und einmal ums andere sagte ich zu mir selbst: »Nein, daß das zählen darf! Nein, daß dies, daß man gearbeitet hat, einem die Pforten der Seligkeit aufschließt.«

Das war etwas so Großes, das eröffnete unendliche Weiten der Hoffnung. »Nein, daß es etwas Heiliges war, zu arbeiten! Richtige Grobarbeit wurde bei unserem Herrgott in Ehren gehalten, und andere Arbeit vielleicht auch.«

Im selben Augenblick fiel mir ein, daß es Neujahrsmorgen war.

»Jetzt habe ich so geträumt, daß ich den ganzen Tag froh sein kann, ja das ganze Jahr«, flüsterte ich für mich selbst, während das Glück, das unbeschreibliche Glück, eine Arbeit zu haben, die ich vollbringen und lieben konnte, mich erfüllte.

Der erste im ersten Jahr des zwanzigsten Jahrhunderts

Es war am Neujahrsmorgen des Jahres 1900. Die Uhr zeigte fast die neunte Stunde, aber im Kirchspiel Svartsjö in Wermland war es noch beinah ganz dunkel. Die Sonne war noch nicht über die langgestreckten niedrigen Waldfirste emporgestiegen.

Gerade als die Glocke schlug, öffnete sich die Tür zum Pfarrhofe, und der Pfarrer trat heraus, um in die Kirche zu gehen. Doch als er die Treppe hinuntergegangen war, blieb er stehen, um auf jemand zu warten. Er war ein junger und eifriger Mann; er stand da und stampfte den Schnee wie ein ungeduldiges Pferd.

Endlich zeigte sich seine Frau in der Tür. Sie war erstaunt, daß er sich die Zeit genommen hatte, auf sie zu warten. »Das ist schön, daß du gewartet hast«, sagte sie. – »Nein«, antwortete der Mann und lächelte, »das ist nicht schön. Ich möchte mit dir über etwas sprechen.«

Die Glocken der Svartsjöer Kirchen begannen zu läuten, als er dies sagte. Er trat näher an die Frau heran und fragte sie, ob sie höre, daß gerade jetzt die Glocken in Löfwik am andern Ufer des Sees und dort oben in Bro auch läuteten?

»Es ist etwas Schönes um allen diesen Glockenklang«, sagte der Pfarrer. – »Ja«, sagte sie, »ja, so ist es.« – »Hast du daran gedacht, daß sie heute Nacht in jeder Kirche in ganz Wermland das neue Jahr eingeläutet haben? Die großen Erzschlünde haben es in die dunkle Winternacht hinausgerufen, von den kleinen Kapellchen in Finmarken gerade so wie vom Domkirchenturm in Karlstad.« – »Ja«, sagte sie, »daran hab ich auch gedacht.«

»Aber nicht nur in Wermland …« sagte der Pfarrer. »In ganz Schweden sind heute Nacht die Kirchenglocken erklungen, ja, auf einem großen Teil der Erde.« – »Ja, das wird schon so sein«, sagte die Pastorin und wußte nicht recht, worauf der Mann hinauswolle.

»Das neue Jahr, das heute Nacht geboren wurde, hat noch kaum etwas andres erlebt als dies Glockengeläute«, fuhr der Pfarrer fort. »Zuerst lag es ein wenig schlaftrunken und verschüchtert oben in den Wolken und wiegte sich und konnte in der tiefen Finsternis gar nicht sehen, woher es gekommen wäre. Da begegnete ihm der Glockenklang, der zu ihm hinaufdrang: stark und volltönig aus den großen Städten, wo die Kirchen einander nahestehen, schwächer und gleichsam rührend eintönig aus den kleinen verstreuten Dorfkirchlein. Ich lag heute morgen da und dachte daran, seit wir von dem Mitternachtsgottesdienste heimkamen. Als wir nach der Kirche heimgingen, da hast du etwas gesagt, was mich nicht schlafen ließ.«

Die Frau wußte sofort, was er meinte. Auf dem Heimwege hatten sie von der alten versperrten und versiegelten Truhe gesprochen, die Magister Eberhard Berggren vor achtzig Jahren in die Svartsjöer Kirche gestellt hatte, mit der Vorschrift, daß sie nicht vor dem Neujahrstag des Jahres neunzehnhundert eröffnet werden dürfe. Die Frau hatte gesagt, sie finde es unrecht, daß sie jetzt hervorgenommen und geöffnet werden solle. Jedermann wußte ja, daß die Truhe nichts andres enthielt als Schriften des Unglaubens und der Gottesleugnung.

Doch der Pfarrer hatte gemeint, wenn das Kirchspiel einmal die Truhe in seine Obhut genommen und versprochen hätte, Magister Eberhards Willen zu erfüllen, so könnte man nicht umhin, sie zu eröffnen. Niemand wüßte ja auch so recht, was eigentlich darin wäre.

»Ich habe gehört, daß der alte Eberhard ein Gottesleugner war«, hatte die Frau geantwortet. – Ja, das hatte der Pastor auch gehört. – »Wär ich du«, beharrte die Pastorin auf ihrer Meinung, »ich würde erwirken, daß die Gemeinde beschlösse, die Truhe stehen zu lassen, wie sie steht.« – »Nein, aber Frau«, fiel da der Pfarrer ein, »willst du mich vielleicht glauben machen, daß dieser alte Ekebykavalier imstande sein könnte, auch nur einen einzigen Menschen in seinem Gottesglauben zu erschüttern?«

Das hatte die Pastorin zugegeben. Sie glaubte nicht, daß die Schriften gefährlich seien, aber sie meinte, es sei häßlich, daß sie durch einen christlichen Geistlichen und seine Gemeinde ans Licht gezogen werden sollten. Es läge etwas Anstößiges darin. Er könnte seinen Pfarrkindern doch wenigstens vorschlagen, die Truhe uneröffnet zu lassen.

»Aber es ist eines toten Mannes Wille«, hatte der Pfarrer geantwortet; und als die Frau sah, daß sie sich nicht einigen konnten, hatte sie geschwiegen.

Als ihr nun der Mann sagte, daß ihre Worte ihn so früh am Morgen geweckt hätten, da wurde sie sehr froh und fragte sogleich, ob er zu ihrer Meinung übergegangen sei.

»Das wird davon abhängen, was ich dich jetzt fragen will.« – »Ja, ich werde dir gewiß nicht meine Zustimmung geben, diese Truhe zu öffnen.« – Der Pfarrer lachte. – »Dessen sollst du nicht so gewiß sein«, sagte er.

»Ich erwachte sehr früh«, fuhr der Pfarrer fort, »und rieb sogleich ein Zündhölzchen an. Die Glocke schlug drei, und das erste, was ich dachte, war, daß heute Nacht das neunzehnte Jahrhundert zu Ende gegangen ist, und daß wir jetzt neunzehnhundert schreiben. Und dabei mußte ich an den Glockenschlag denken, der die Nacht erfüllte, und an das neugeborne Jahr, das da lag und lauschte. Wie ich so im Halbschlummer lag, sah ich deutlich vor mir, daß das alte Jahr irgendwo im fernen Osten auf einem Scheiterhaufen verbrannt worden war, und das neue Jahr war aus der Asche hervorgekrochen und hatte die Flügel ausgebreitet und war ausgezogen, die Welt in Besitz zu nehmen. Jetzt wiegt es sich wohl in dem Glockenklange der Klöster und Kirchen Palästinas, dachte ich. Es braucht die Flügel gar nicht zu bewegen, dachte ich weiter. Es hält sie nur ausgespannt, und dann kommen die Tonwellen und ergreifen es und wiegen es von einem Land zum andern. Ja, es liegt nur da und wiegt und schaukelt sich. In der Dunkelheit weiß es gar nicht, wohin es kommt. Alles, was es vernimmt, ist Glockenklang, und vielleicht noch Kirchengesang, Orgelton und die Schritte deren, die zur Christmette wandern.

»Das neue Jahr wird fühlen, daß es über heiliger Erde schwebt«, dachte ich. Und ich fühlte mich ganz gerührt, wie ich da lag. Jetzt ist es über die Sankt Peterskirche in Rom gewiegt worden, und dann ist es über die Alpen nach Deutschland hinaufgeflattert. Später am Tage wird es bis zu uns heraufschweben.

»Aber während ich so sann, wurde mir ganz weich zumute, und da kamen deine Worte mir wieder in den Sinn. Wenn also das neue Jahr über Wermland und Svartsjö geschwebt käme, dann sollte es hier einen Priester und seine Gemeinde sehen, die eine Truhe mit Schriften des Unglaubens öffneten. Und es schien mir sehr traurig, daß es so etwas schauen sollte, nach allem dem Schönen, das es bisher erlebt hat. In Rom bei den Katholiken hatte es den Papst die heilige Pforte öffnen und das Jubeltor einweihen sehen, und hier oben im Norden sollte es uns den Riegel eröffnen sehen, der Zweifel und Gottesleugnung einschloß. Das neue Jahr wird eine zu schlechte Meinung von uns bekommen«, sagte ich. »Es geht einfach nicht an, diese Truhe zu öffnen.«

»Siehst du wohl! Ich wußte, daß du zu meiner Partei übergehen würdest«, sagte die Pastorin.

»Es hat nicht viel daran gefehlt«, sagte der Pfarrer; »aber gleich darauf stand es mir wieder vor Augen, wie unmöglich es sei, gegen eines toten Mannes Willen zu handeln. Ja, es war unmöglich, – das eine wie das andre: die Truhe zu öffnen wie sie geschlossen zu lassen. Und ich begann mich zu fragen, ob es denn keinen Ausweg gäbe. Wenn man eine Sache nur lange genug überdenkt, pflegt man schließlich doch herauszufinden, was das Rechte ist. Ich lag da und grübelte stundenlang. Ich dachte alles durch, was ich vom Magister Eberhard Berggren wußte, um Klarheit darüber zu gewinnen, was er in diese Truhe gelegt haben mochte.«

»Hast du es also herausgebracht?«

»Ich glaube wohl, daß ich es herausgebracht habe, aber ich will auch deine Meinung hören.«

»Die kennst du schon«, sagte die Frau eigensinnig.

»Das sollst du nicht so bestimmt sagen«, meinte der Pfarrer. »Du solltest zuerst versuchen, dich in die Sache hineinzudenken. Du solltest versuchen, dich in Magister Eberhards Gedanken zu versetzen. Das hab ich heute morgen getan. Wenn du nun ein alter Mann wärst, sagte ich zu mir selbst, wenn du Magister Eberhard Berggren wärst, ein alter gelehrter Mann, der nicht an Gott glaubte! Ich versuchte mir einzubilden, daß ich mein ganzes Leben am Schreibtisch verbracht hatte, ohne Unterlaß denkend und schreibend. Ich dachte mir, ich hätte Jahr für Jahr in einer Ecke des Kavalierflügels auf Ekeby gesessen, mit Büchern und Papieren rings um mich, – und Leben und Scherz, Sang und Spiel waren durch die Räume erbraust, aber ich hätte ganz still und stumm hinter einer Mauer von Büchern gesessen und gearbeitet.

Und dann dachte ich mir weiter, daß ich nach vielen, unendlich vielen und langen Jahren endlich mit meiner Arbeit fertig geworden wäre. Und ich hätte ihr alle meine Lebenskräfte geopfert. Ich wäre alt und müde geworden, und in letzter Zeit hätte ich auch angefangen zu kränkeln. Ich hätte zuweilen brennende Schmerzen in der rechten Seite gespürt, in der Gegend der Leber, obgleich ich mir gar nicht die Zeit genommen hätte, mich darum zu bekümmern. Ja, ich hätte wohl gar nicht daran gedacht, was das Werk mich gekostet hätte: ich wäre nur glücklich gewesen, es vollendet zu haben.

Ich wäre auch natürlich ganz überzeugt gewesen, daß alles ganz vollkommen sei, daß nichts fehle. Allen andern Philosophen hätte man irgendeine Lücke im Gedankengang nachgewiesen, aber so etwas könnte mir nicht passieren. Ich hätte meine eigne Philosophie gefunden, und die sei ganz ohne Makel. Sie sei sicher und fest vom Grunde bis zur Turmspitze.

Ja, ich versuchte mich noch weiter in die Sache hineinzudenken«, fuhr der Pfarrer fort. »Wenn ich nun mein Buch fertig hätte, was würde ich damit anfangen? Es wäre ja das allereinfachste, es gleich in die Druckerei zu schicken. Aber wenn ich solch ein alter Mann wäre, würde ich mir die Sache sicherlich überlegen. Ich würde sie mir deshalb überlegen, weil ich sehr wohl wüßte: sobald meine Philosophie bekannt würde, könnte niemand ihr widerstehen. Alle Menschen würden dann auf einmal aufhören, an Gott zu glauben; und die Hoffnung auf ein ewiges Leben würden sie gleichfalls verlieren. Und ich müßte mir doch sagen, daß eine ganze Menge von jenen, die ich gekannt und geliebt, dies als ein großes Unglück empfinden würde. Die Menschen sind schwach, würde ich mir selbst sagen, sie können die Wahrheit nicht ertragen. Und so allmählich würde ich dahin kommen, daß ich den Entschluß faßte, mein Buch zu verwahren und es erst einige Zeit nach meinem Tode an den Tag kommen zu lassen. Wenn ich es bis zum Jahre neunzehnhundert verwahrte, dann müßte wohl ein neues Geschlecht herangewachsen sein, das das Licht der Wahrheit besser ertragen könnte. Ich glaube, es wäre gar nicht unmöglich, daß ich einen solchen Entschluß fassen würde, wenn ich solch ein alter Mann wäre«, sagte der Pfarrer und sah seine Frau an, ihrer Zustimmung gewiß.

»Ach nein«, antwortete sie, »so ganz unmöglich wäre das wohl nicht.«

»Wie ich so in der Dunkelheit dalag, glaubte ich sein Leben ganz zu durchleben«, fuhr der Pfarrer fort. »Wo sollte ich nun fürs erste das Manuskript hinterlegen? In einem der Herrenhöfe könnte ich es nicht aufbewahren. Die sind alle aus Holz; früher oder später könnten sie verbrennen, und dann wäre meine Arbeit verloren. Und wenn ich es in einen Keller legte, dann würde die Feuchtigkeit es ebenso sicher zerstören, wie es nur je das Feuer vermöchte.

Nein, der einzige sichere Aufbewahrungsort, den ich mir denken könnte, wäre wohl eine der Kirchen in Bro oder Svartsjö, die aus Stein erbaut sind. Nun muß ich sagen: wenn ich ein solcher alter Heide wäre, dann würde ich wohl eine gewisse Abneigung dagegen empfinden, meine Arbeit in einer Kirche aufzubewahren. Aber ich würde mich schon bald mit dem Gedanken trösten: wenn ich so sicher weiß, daß es keinen Gott gibt, kann ich meine Arbeit schließlich ebenso gut in eine Kirche legen wie in irgendein andres Gebäude.

Ja, den Tag, an dem ich alles fertig hätte, so daß ich meine große Dokumententruhe in den Schlitten legen und mit ihr nach Svartsjö fahren könnte, würde ich sicherlich als einen großen Festtag ansehen. Denn ich glaube, wenn ich ein so alter umsichtiger Mann wäre, würde ich meine Truhe lieber in Svartsjö verwahren als in Bro, weil der Vikar in Svartsjö ein viel nachgiebigerer Mann war als der Propst in Bro. Ja, wahrhaftig, – wäre ich nicht vergnügt an diesem Wintertage, wenn ich bei guter Schlittenbahn mit einem flinken Pferde von Ekeby fortführe? Wenn ich auch in den letzten Tagen jene innerlichen Schmerzen gespürt hätte, so wüßte ich doch ganz genau, daß sie an einem Tage wie diesem ganz wie fortgeblasen wären. Ich würde nur dasitzen und denken, welche Wirkung es haben müßte, wenn mein Buch einmal in die Welt hinauszöge, und wie berühmt mein Name da auf einmal sein würde. Das ganze Jahr neunzehnhundert würden die Menschen von niemand anders sprechen als von Eberhard Berggren.

Aber obgleich ich so stolze Gedanken hätte, während ich so über die Straße kutschierte, würde ich doch einen Wandrer bemerken, der mit dem Ränzel auf dem Rücken und einem großen Bügeleisen in der Hand am Wegesrand ginge. Und ich würde zu mir selbst sagen: Sieh da! Da geht der alte lustige Schneider Lilje! Der arme Teufel muß das Ränzel und das Bügeleisen schleppen. Ich will ihn doch fragen, ob er nicht ein Stück in meinem Schlitten fahren will.

Und nun stelle ich mir dies vor: wenn Schneider Lilje das Bügeleisen und das Ränzel in den Schlitten gelegt und sich selbst auf die Kufen ge-stellt hätte, würden er und ich bald ins Gespräch kommen.

Schneider Lilje würde fragen, wohin ich denn mit der schönen Truhe wolle, und ich würde es nicht lassen können, ihm zu erzählen, was darin sei. ›Sieht er, Lilje‹, würde ich wohl sagen, ›diese Truhe enthält das große Buch, das ich geschrieben habe, und jetzt fahre ich damit zur Svartsjöer Kirche und verwahre es dort. Wir wollen die Truhe versperren und versiegeln, der Pfarrer und ich; und niemand darf sie vor dem Jahre neunzehnhundert öffnen.‹

Aber nun würde es mir auffallen, daß Lilje die ganze Zeit still bliebe, und er pflegte doch sonst keine Minute lang schweigen zu können, und dies würde mich so verwundern, daß ich schließlich fragen müßte: ›Was ist denn in ihn gefahren, Lilje, woran denkt er denn?‹ Und siehst du, Frau, wenn Lilje dann antwortete, daß er sich überlege, ob er mich um etwas bitten dürfte, dann würde ich ihm gleich die Erlaubnis geben, frei von der Leber weg zu sprechen.

Wahrscheinlich hätte ich in diesem Augenblicke nicht sehr auf Liljes Geschichte aufgepaßt, aber später würde ich mich doch an jedes Wort davon erinnern können. Ich würde mich erinnern, daß Lilje sagte, er habe vor ein paar Tagen einen Landstreicher getroffen, der sterbend am Wegesrande lag. Dieser Mann habe Lilje gebeten, ein kleines Päckchen, das er ihm reichte, in Verwahrung zu nehmen. Er habe ihm aufgetragen, es irgendwo aufzuheben, wo niemand es finden könnte. Er dürfte es nicht vernichten. Und wenn er so alt würde, daß alle, die jetzt lebten, tot wären, dann dürfte er es öffnen, sonst sollte er es einem andern zur Aufbewahrung anvertrauen. Und Lilje habe es nicht übers Herz gebracht, einem Sterbenden seine letzte Bitte abzuschlagen, und habe das Päckchen entgegengenommen.

Nun, wenn mir Lilje all dies erzählt hätte, dann würde ich natürlich gesagt haben: ›Es ist schon gut, Lilje, ich versteh, wo er hinaus will. Er darf das Päckchen hier in meine Truhe legen.‹

Und ich hätte das Pferd angehalten und die Truhe geöffnet, und wir hätten Liljes Päckchen hineingetan. Ich hätte der Sache so wenig Gewicht beigelegt, daß ich es kaum angeschaut hätte. Aber nachher würde ich es wohl oft vor Augen gesehn haben. Es war ein blaues Kuvert ohne Adresse, ohne ein geschriebnes Wort. Es sah aus, als enthielte es Papiere, aber sonst konnte man in keiner Weise erraten, was für Geheimnisse es bergen mochte. Ja«, sagte der Pfarrer, »heute morgen versetzte ich mich in die ganze Sache hinein und fand es ganz natürlich, daß alles so zugegangen wäre, und stellte mir auch vor, daß ich, nachdem Lilje bei einem Kreuzweg aus dem Schlitten gestiegen wäre, wohl gar nicht weiter an ihn gedacht, sondern nur in Gedanken mein Buch noch ein letztes Mal durchgegangen und gefunden hatte, daß alles darin makellos und vollendet sei, und daß kein Wort geändert zu werden brauche.

Ja, wenn ich in Eberhard Berggrens Haut gesteckt hätte, wäre ich auch nach der Ankunft in Svartsjö und während die Truhe versperrt und versiegelt wurde, in derselben fröhlichen Laune gewesen. Aber wenn mir dann der Pfarrer in Svartsjö gesagt hätte, dies könne ja jederzeit wieder rückgängig gemacht werden, falls es mich reuen sollte, dann hätte ich vielleicht etwas heftig geantwortet, weil es mich geärgert hätte, daß er glaubte, ich hätte mir nicht genau überlegt, was ich tat. ›Nein, Bruder, hier kann keine Reue in Frage kommen‹, hätte ich wohl geantwortet. ›Aber eines verspreche ich dir, Bruder: wenn dein Gott mich zwingen kann, diese Truhe zu öffnen, dann will ich alles vernichten, was ich gegen ihn geschrieben habe.‹

Und wenn dann der Pfarrer in Svartsjö mich ermahnt hätte, Ihn nicht herauszufordern, der stärker sei als ich, dann hätte ich erwidert, daß ich nur jemand herausforderte, der bloß in der Einbildung der Menschen existierte.

Glaubst du nicht, daß ich ganz so geantwortet hätte, wenn ich der Magister Eberhard gewesen wäre?« fragte der Pfarrer und sah die Frau noch einmal Zustimmung heischend an.

»Ach ja«, antwortete die Frau und nickte, »das glaube ich schon. Du bist ja schon völlig so wie der alte Eberhard.«

»Ja, darum handelt es sich eben«, sagte der Pfarrer. »Man muß ganz eins mit dem Manne sein, den man beurteilen soll. Sonst kann man nicht zur Klarheit kommen.«

Und glaubst du nun nicht«, fuhr er fort, »glaubst du, die du mich kennst, nicht, daß ich mich, wenn ich Eberhard Berggren gewesen wäre, in demselben Augenblick, wo ich mich in den Schlitten setzte, um nach Ekeby zurückzufahren, – daß ich mich da nicht tief unglücklich gefühlt hätte? Glaubst du nicht, daß ich eine ganz furchtbare Sehnsucht nach meiner Arbeit empfunden hätte? Obgleich ich mir ja sagen müßte, daß es ein Glück sei, fertig zu sein, wäre ich doch furchtbar niedergeschlagen gewesen. Und glaubst du nicht, daß plötzlich das Alter über mich gekommen wäre, und daß die Krankheit, die ich bis dahin durch meinen Willen hatte unterjochen können, mir jetzt so arg zugesetzt hätte, daß ich mich kaum aufrecht zu erhalten vermochte, bis ich zu Hause anlangte. Nicht wahr, glaubst du nicht auch, daß es so gekommen wäre?«

»Ich kann nicht recht wissen, was ich glauben soll«, sagte die Frau, »aber ich denke schon, daß deine Arbeit dir gefehlt hätte.«

»Ja«, sagte der Pfarrer, »dies alles stellte ich mir heute morgen so vor. Ich wußte, daß ich nicht nur mein Buch vermissen, sondern daß ich auch furchtbar krank werden würde. Das Übel würde mit so furchtbarer Kraft über mich hereinbrechen, weil solch ein alter Mann, wie ich es wäre, jetzt gar nichts mehr hätte, womit er es zurückdrängen könnte, nichts, wofür er leben müßte, und so bliebe mir nichts anderes übrig, als mich hinzulegen und auf den Tod zu warten.

Du wirst wissen, daß es damals hier im Ort keinen Arzt gab; aber irgendeine weise Frau wäre wohl gerufen worden, und sie hätte die Krankheit erkannt und gesagt, es sei Krebs. Und merkwürdigerweise wäre dies fast als ein Glück angesehen worden; denn damals glaubte man gar nicht, daß diese Krankheit unbedingt zum Tode führen müsse. Es gab nämlich eine alte Familie – Amnérus hieß sie wohl –, und die besaß ein Rezept, das den Krebs heilen konnte. Es wurde als ein großer Schatz betrachtet, streng geheim gehalten und vererbte sich wie ein Majorat in der Familie.

Und nun kannst du dir wohl denken: Frau, wenn ich ein alter kranker Mann wäre, würde ich den ersten Tag benützen, an dem mir so wohl wäre, daß ich in einem Schlitten sitzen könnte, um zu diesen Leuten mit Namen Amnérus zu fahren, die das Rezept besäßen und Heilung für die furchtbaren Qualen hätten.

Nun denke ich mir also, siehst du, Frau, daß ich bei der Familie Amnérus angefahren käme. Sie wohnten tief drinnen im Walde. Es gab keine Felder, keinen Garten, sondern der Wald stand bis dicht ans Haus heran. Und die Menschen dort waren klein und lichtscheu und trugen altväterische Kleider und hatten dünne, piepsende Stimmen.

Ich denke, es würde mir sogleich auffallen, wie erschrocken sie aussähen, da sie mich erblickten. Ich würde zuerst gar nicht begreifen, warum sie davonlaufen zu wollen schienen, wenn ich mein Anliegen vorbrächte. Aber bald würde die Reihe, Angst zu haben, an mir sein. Denn ich würde erfahren, daß der Grund ihres Schreckens der sei, daß sie das Rezept nicht mehr hätten. Ja, was glaubst du, Frau, würde wohl ein armer Kranker fühlen, wenn er hörte, daß dieses Rezept ihnen von einem Knecht gestohlen sei, der in ihrem Dienst gestanden hätte, und sich aus irgendeinem Grunde an ihnen rächen wollte? Was würde ein Todkranker, der Linderung und Besserung erwartet hätte, denken, wenn sie die Geheimlade des Sekretärs herauszögen, wo sie das Rezept zu verwahren pflegten, und ihm zeigten, daß sie leer sei. Ja, sie sei leer; sie hätten keine Macht mehr über die Krankheit.

Natürlich würde der Kranke sie fragen, ob sie denn die Mischung nicht so gut kennten, daß sie sie ohne Rezept zu bereiten vermöchten. Aber das wäre nicht der Fall. Niemand von ihnen kennte das Heilmittel; denn die Sache wäre so strenge geheimgehalten worden, daß immer nur eine Person sich hätte damit befassen dürfen. Und die unter den Schwestern, die die Bereitung des Heilmittels gekannt hatte, wäre an dem Tage, bevor es gestohlen worden, gestorben. Der Dieb hatte sich gerade diesen Zeitpunkt ausgewählt, sonst hätte er ja keinen Schaden gestiftet. Aber wo der Dieb sich jetzt befände, das wüßten sie nicht. Es wäre ein versoffener wilder Geselle gewesen, vielleicht wäre er schon bei irgendeiner Schlägerei ums Leben gekommen. Nur eines wüßten sie sicher, daß er das Rezept genommen hätte. Denn ehe er fortgegangen wäre, hätte er den Mägden ein blaues Kuvert gezeigt und sich gerühmt, daß die Herrschaft ihn noch vermissen würde.

Und nun weiß ich ganz gewiß: wenn ich solch ein kranker Mann gewesen wäre, ich würde, wenn ich dies von dem blauen Kuvert gehört hätte, kein Wort weiter gefragt haben, sondern wäre aus dem Zimmer gegangen, hätte mich in den Wagen gesetzt und wäre davongefahren.

Ja, nur davongefahren, Frau, um allein zu sein und die Sache mit mir selbst durchzudenken. Dieses blaue Kuvert, dieses blaue Kuvert, ich würde natürlich sogleich wissen, wo es wäre. Und ich hätte doch erst einige wenige Tage zuvor gesagt: ›Wenn dein Gott mich zwingen kann, diese Truhe zu öffnen, dann – –‹ Nein, nein, es wäre nicht zugänglich, dieses Rezept, ohne daß meine ganze Lebensarbeit vernichtet würde. Aber in dieser Arbeit lebte Eberhard Berggren in Jugend und Klarheit; was sonst auf Erden von ihm übrig wäre, das sei nur ein abgelebter Greis. In früheren Tagen hätte Eberhard Berggren seine Arbeit höher geschätzt als Freude und Lust und Liebe. Und dann würde ich wohl die Fäuste ballen und denken – –«

Der Pfarrer trat dicht an seine Frau heran. »Du, die du mich kennst, – was, glaubst du, hätte ich beschlossen, wenn ich solch ein alter Mann wäre? Bedenke, daß ich felsenfest glauben würde, daß mein Buch das beste und weiseste Buch sei, das je geschrieben wurde, und bedenke, daß ich glauben würde, daß das Rezept mich unfehlbar gesund machen könne. Sage, wie glaubst du, daß ich gehandelt hätte?«

»Ich glaube wohl, du hättest dich dafür entschieden, für dein Buch zu sterben«, sagte die Frau.

»Ja«, sagte der Pfarrer, »ich hätte die Fäuste geballt und gedacht, daß ich dieses Rezept ja gar nicht so notwendig brauchte, – ich könnte ja sterben. Und glaubst du auch, daß ich an meinem Vorsatze festgehalten hätte?«

»Ich weiß nicht«, sagte die Pastorin, »ich kenne dich nicht gut genug. Wenn es sich nur um den Tod gehandelt hätte. Aber nun waren da ja auch die Schmerzen.«

»Ich hätte innerlich gekämpft«, sagte der Pfarrer, »und in den ersten Tagen wäre die Krankheit sogar ein wenig zurückgewichen, weil ich den festen Entschluß gefaßt hätte, sie ihr Schlimmstes tun zu lassen. Aber nach ein paar Wochen hätte sie mich mit erneuter Kraft überfallen, und man hätte mir oben im Kavaliersflügel wieder ein Lager gebettet, und da hätte ich einsam gelegen, den ganzen Tag lang, und hätte mit den Schmerzen gekämpft.

Und ich glaube wohl, wenn ich solch ein alter, unerschütterlicher Mann gewesen wäre, dann hätte ich zuweilen ganz gegen meinen Willen die Vorstellung gehabt, daß ich gegen Gott kämpfte. Ich hätte den Gedanken von mir gewiesen. Ich hätte gedacht, daß ich nicht mit jemandem kämpfen könne, der gar nicht da wäre. Es sei doch ein bloßer Zufall, würde ich sagen, daß ich Lilje mit dem Rezepte begegnet sei. Es sei durchaus keine lenkende Vorsehung, die ihn mir geschickt hätte. Es gäbe keine Vorsehung, und so könne sie auch nichts schicken.

Aber einmal ums andre würde mir die Vorstellung kommen, daß ich daläge und mit unserm Herrgotte ränge. Vielleicht würde es mancher als Milde und Gnade betrachten, daß du mich wissen ließest, wo das gestohlene Rezept zu finden sei. Der Dieb hätte es ja ebensogut vernichten können. Du willst wohl, daß ich es als eine sonderliche Gnade ansehe, daß es in Liljes Hände kam. Aber ich wünsche, es wäre vernichtet worden. Ich sehe es nicht als eine Gnade an, daß ich weiß, wo es zu finden ist. Ich betrachte es – – Ja, und dann würde ich mich wieder erinnern, daß ich in meinem Buch doch ganz unwiderleglich bewiesen hätte, daß es keinen Gott gebe, und würde den Zwist abbrechen.

Ich denke, es muß eine große Versuchung, eine furchtbare Versuchung für den alten kranken Magister Eberhard gewesen sein: nur ein Wort an den Pfarrer in Svartsjö, und er hätte das Heilmittel in seiner Hand! Glaubst du nicht, daß er um dieser Versuchung willen die Qualen noch tausendmal verschärft empfand? Es handelte sich um einen furchtbaren Preis; aber wer wirklich krank ist, fragt wohl nach nichts anderm als nach der Gesundheit.

Doch immerhin – wenn ich an seiner Stelle gewesen wäre, ich hätte versucht, auszuharren; hätte versucht, Gott und den Menschen zu zeigen, was Manneskraft vermag.

Aber am schlimmsten wäre es an dem Tage gewesen, an dem Schneider Lilje auf den Hof gekommen wäre. Da wären die Qualen so furchtbar gewesen, daß ich in jeder Stunde meinen Tod erwartete. Und da wäre mir wohl der Gedanke gekommen, daß ich jemand sagen müßte, was in diesem blauen Kuvert sei. Denn plötzlich hätte mich der Gedanke beängstigt, daß ich ein großes Unrecht gegen meine Mitmenschen beginge, wenn ich nicht sagte, wo dieses unschätzbare Heilmittel zu finden sei. Ich könnte es ja so einrichten, daß es erst nach meinem Tode hervorgenommen würde. Dann hätte nicht ich die Truhe geöffnet, dann könnte ja meine Arbeit unberührt liegen bleiben.

Ich würde mir wohl denken, daß es am sichersten wäre, das Geheimnis niederzuschreiben, und niemanden vor meinem Tode von dieser Schrift Kenntnis erlangen zu lassen. Aber siehst du, Frau, es wäre wohl für einen Todkranken, dem die geringste Bewegung Qualen verursacht, nicht so leicht, die Feder zu führen.

Und schließlich hätte ich wohl Lilje hereingerufen und ihm das Geheimnis anvertraut und ihm befohlen, das gestohlne Kuvert den Eigentümern zurückzugeben. Aber zu gleicher Zeit hätte ich ihm streng verboten, es vor meinem Tode aus der Truhe zu nehmen. Erst wenn ich in den Kirchhof gebettet wäre, dürfte er zu dem Pfarrer in Svartsjö gehen und mit ihm sprechen.

Du kannst sicher sein, sobald ich mit Lilje gesprochen hätte, würde es mich wieder gereut haben. Man könnte sich doch auf einen solchen Kerl nicht verlassen. Es wäre klar, ich hätte jemandem sagen müssen, wo das Rezept zu finden sei. Aber ich hätte es niederschreiben sollen. Ich hätte niemanden vor meinem Tode darum wissen lassen dürfen.

Und bei alledem hätte ich mit der stummen geheimen Hoffnung dagelegen, daß Lilje mir ungehorsam sein könnte.

Ein paar Tage später würde ich etwas Eignes, Geheimnisvolles an der Frau bemerken können, die mich pflegte. Ich würde sehen, daß sie eine ganz besonders frohe und feierliche Miene machte, wenn sie mit einem warmen Trunke zu mir hereinkäme. Ich würde erschrecken, und ich würde mir selbst zuflüstern: Hüte dich, trinke nicht! Es kostet dich die Arbeit deines ganzen Lebens!

Aber trotzdem, siehst du, Frau, würde ich wohl den Kopf vorstrecken und trinken; und mit jedem Tropfen, der über meine Lippen käme, würde ich Linderung fühlen. Ich würde das Glas von mir schieben wollen, wenn es halb geleert wäre, aber ich würde es nicht können. Und wenn ich es geleert hätte, würde ich mich auf einmal ganz gesund fühlen und vor Freude weinen.

Nun will ich dir sagen, wie es mir weiter ergangen wäre, wenn ich der alte Eberhard gewesen wäre. Am nächsten Tage wären die Schmerzen wiedergekommen, und da hätte ich wieder von diesem Trank getrunken. Da hätten die Schmerzen aufgehört und wären in kleinen Zwischenräumen wieder zum Leben erwacht, aber am dritten Tage wären sie ganz verschwunden gewesen. Und ich würde sehr wohl wissen, was für einen Trank man mir gegeben hätte, ich würde begreifen, daß ich eine Niederlage erlitten hätte, aber ich wäre allzu glücklich, um weiter danach zu fragen.

Dann würde ich wieder umhergehen und mich ganz gesund fühlen. Aber ich würde mich wohl hüten, jemand zu fragen, woher der Trank gekommen wäre, der mich geheilt hätte. Und ich glaube ganz gewiß nicht, daß mir jemand sagen würde, daß man die Truhe eröffnet und das Rezept herausgenommen hätte. Niemand würde es sagen, aber ich würde es doch wissen. Ich würde nach Svartsjö fahren und mir die Truhe ansehen, und sie würde versperrt und versiegelt in der Kirche stehen, aber ich würde doch wissen, daß sie eröffnet worden wäre. Und dann – –«

»Würdest du dich dann für verpflichtet halten, dein Buch zu vernichten?« fragte die Pastorsfrau.

»Ich glaube wohl, daß ich versuchen würde, Schlupfwinkel und Ausflüchte zu finden, aber ich würde nicht leugnen können, daß ich, wenn ich ein Ehrenmann sein wollte, mein Buch vernichten müßte.«

»Und würdest du es auch tun?«

»Ja, was glaubst du? Bedenke jetzt auch recht, was dieses Buch für mich bedeuten würde! Wäre es vernichtet, so wäre auch mein Name und mein Ruhm vernichtet.«

Die Pastorin sah mit einem warmen Blick zu ihrem Mann auf.

»Ja, du hast es vernichtet«, sagte sie, »du hast es vernichtet!«

»Ich danke dir«, sagte der Pastor.

Eine Weile ging er schweigend weiter.

»Nun aber: was denkst du jetzt von der Truhe?« fragte die Frau.

»Ich denke, daß es nicht gefährlich sein kann, sie zu öffnen. Du hast meine Frage jetzt so beantwortet, wie ich es wünschte.«

»Du und Magister Eberhard, ihr seid nicht eine und dieselbe Person«, sagte die Frau.

»Liebes Kind«, sagte der Pfarrer. »Wir wissen ja, daß der alte Eberhard alles, was ich jetzt erzählt habe, durchgemacht hat, und daß man die Truhe öffnen mußte, um das Rezept herauszunehmen, das ihn heilte. Aber wir dürfen nicht glauben, daß Magister Eberhard ein schlechterer Mann gewesen sei als irgendeiner von uns. Es ist, seit ich nun die Sache durchdacht habe, mein fester Glaube, daß er in aller Heimlichkeit die

Schrift aus der Truhe genommen hat, und daß das große Buch des Unglaubens längst, längst vernichtet ist.«

»Aber die Truhe steht doch noch mit allen ihren Siegeln da.«

»Ja, siehst du«, sagte der Pastor lächelnd, »allzuviel darfst du von einem alten Philosophen nicht verlangen. Du kannst nicht von ihm verlangen, daß er alle Menschen wissen lasse, daß er gezwungen war, nachzugeben. Ich glaube wohl, es war das Natürlichste, daß er die Truhe auf alle Fälle stehen ließ, wie sie stand. Er konnte es wohl nicht ertragen, daß alle Bekannten zu ihm kämen und sagten, jetzt müsse er wohl bekehrt sein und an Gott glauben.«

Die Frau grübelte ein wenig nach, und dann sagte sie: »Ja, das werden wir jetzt bald sehen, denn nun willst du sicherlich die Truhe öffnen.«

»Ja, jetzt öffne ich sie mit frohem Mut«, sagte der Pastor.

Und wenn das junge Jahr so um die Mittagszeit des Neujahrtags neunzehnhundert in den Wolken über der Svartsjöer Kirche geschwebt hätte, da hätte es den Pfarrer und die angesehensten Männer des Kirchspiels um eine schöne alte Mosaiktruhe versammelt gesehen. Und als sie feierlich eröffnet wurde, da enthielt sie ein paar Pakete: alte Gerichtsverhandlungen und Zeitungen.

Aber von gottesleugnerischer, himmelstürmender Philosophie, – nicht eine Zeile.

Die alte Agneta

Eine alte Frau stieg den Bergpfad hinan mit kleinen trippelnden Schritten. Sie war klein und mager. Ihr Antlitz war verblichen und welk, aber nicht hart oder gefurcht. Sie trug einen langen Mantel und eine gekräuselte Haube. Ein Gebetbuch hatte sie in der Hand und ein Zweiglein Lavendel im Taschentuche.

Sie hatte eine Hütte weit oben auf dem Hochfelsen, da wo die Bäume aufhören zu wachsen. Sie lag ganz am Rande des breiten Gletschers, der seinen Eisstrom von dem schneebedeckten Berggipfel hinab in den Talgrund stürzte. Da wohnte die Alte ganz einsam. Alle, die zu ihr gehört hatten, waren tot.

Es war Sonntag, und sie war in der Kirche gewesen. Aber wie es nun kommen mochte, hatte die Wanderung sie nicht froh, sondern wehmütig gestimmt. Der Pfarrer hatte vom Tode gesprochen und den Unseligen, und das hatte sie ergriffen. Plötzlich hatte sie sich erinnert, daß sie in ihrer Kindheit erzählen gehört, daß viele Unselige in der ewigen Kälte auf dem Bergesgipfel oberhalb ihrer Wohnstatt gemartert wurden. Sie erinnerte sich an Sage um Sage von diesen Gletscherwanderern, diesen unermüdlichen Schatten, die von den eiskalten Bergwinden gejagt wurden.

Sie empfand mit einemmal tiefes Entsetzen vor dem Berge und es dünkte ihr, daß ihre Hütte furchtbar weit oben lag. Wenn nun sie, die unsichtbar dort auf der Höhe der Alpen wandern, den Weg hinab über den Gletscher nähmen! Und sie, die ganz einsam war.

Bei dem Worte einsam nahmen ihre Gedanken eine noch traurigere Richtung. Jetzt war sie wieder mitten in dem Kummer, der all ihre Tage verzehrte. Sie empfand es hart, so weit fort von Menschen zu sein.

»Alte Agneta«, sagte sie laut zu sich selbst, wie es dort oben in der Einöde ihre Gewohnheit geworden, »du sitzest oben in deiner Hütte und spinnst und spinnst. Du mußt dich tagaus tagein rackern und schinden, um nicht vor Hunger zu vergehen. Aber gibt es jemanden, der eine Freude daran hat, daß du lebst? Gibt es jemanden, alte Agnete? Wäre einer von den deinen noch am Leben, so könnte es so sein. Wohntest du weiter unten im Dorfe, so wärest du wohl jemandem zur Freude. So arm wie du bist, könntest du freilich weder Hund noch Katze halten, aber du könntest wohl zuweilen einem Bettler Obdach gewähren. Du solltest nicht so weit von der Heerstraße wohnen, alte Agneta. Wenn du nur ein einziges Mal einem durstigen Wanderer einen Trunk Wasser reichen dürftest, so wüßtest du doch, daß du jemandem zum Nutzen lebtest.«

Sie seufzte und sagte sich, daß nicht einmal die Bauersfrauen, die ihr Flachs zum Spinnen gaben, ihren Tod beklagen würden. Wohl hatte sie versucht, ehrlich ihre Arbeit zu machen, aber es gab gewiß viele, die es besser konnten. Und die Tränen stiegen ihr auf, wenn sie daran dachte, daß der Herr Pfarrer, der sie in all diesen Jahren des Herrn auf demselben Platz in der Kirche gesehen, vielleicht meinen würde, daß es auf Eines herauskam, ob sie dort war oder nicht. »Ich bin wie eine Verstorbene«, sagte sie, »niemand fragt nach mir. Ich könnte mich ebenso gut hinlegen, um zu sterben. Ich bin schon erfroren, in der Kälte und der Einsamkeit. Mein Herz ist erfroren, das ist es.«

»O, du meine Güte, o du meine Güte«, sagte sie, »wenn es hier nur Einen gäbe, der mich brauchte, so könnte sich wohl noch Wärme in der alten Agneta finden. Aber kann ich etwa den Gemsen Strümpfe stricken oder den Murmeltieren ihr Lager aufbetten? Das sage ich dir«, sagte sie und streckte die Hand zum Himmel empor, »du mußt mir jemanden schaffen, der mich braucht, sonst lege ich mich hin und sterbe.«

Da kam ein hoher, ernster Mönch ihr auf dem Pfade entgegen. Er schloß sich ihr an, weil er sah, daß sie betrübt war, und sie erzählte ihm ihren Kummer. Sie sagte, daß ihr das Herz im Leibe erfror und daß sie wie einer der Wanderer des Gletschereises werden würde, wenn Gott ihr nicht etwas gab, um dafür zu leben.

»Das kann Gott wohl tun«, sagte der Mönch.

»Siehst Du nicht, daß Gott machtlos ist hier oben?« sagte die alte Agneta. »hier ist nichts anderes als die kalte, leere Einöde.«

Sie kamen immer höher hinauf. Das Moos lag weich auf den Halden, die Alpenpflanzen mit ihren behaarten Blättern säumten den Pfad ein, der Hochfelsen mit Klüften und Stürzen, mit Eisfeldern und Schneemengen stand so überhängend und schwer vor ihnen, daß die Brust sich zusammenschnürte. Da sah der Mönch die Hütte der alten Agnete dicht unter dem Gletscher.

»Ah«, sagte er, »wohnst Du hier? Da bist Du nicht einsam, hier hast Du Gesellschaft genug. Sieh nur!«

Der Mönch legte den Zeigefinger und den kleinen Finger zusammen, hielt sie der Alten vor das linke Auge und bat sie, nach dem Berge zu sehen. Aber die alte Agneta schauderte und schloß die Augen.

»Ist etwas dort oben zu sehen, so will ich es nicht erblicken«, sagte die alte Agneta. »Der Herr bewahre uns, der Herr bewahre uns! Hier kann es gar grausig sein.«

»Ja, dann lebe wohl«, sagte der Mönch. »Es wird Dir kaum ein zweites Mal geboten werden, so etwas zu sehen.«

Die Alte wurde neugierig, sie schlug die Augen auf und blickte nach den Schneefeldern. Zuerst sah sie nichts Wunderbares, aber dann fing sie an zu merken, wie es sich dort oben regte. Sie sah Weiß sich gegen Weiß bewegen. Was sie für Nebel und Dunst und blauweiße Färbungen des Eises gehalten, das waren Mengen von Unseligen, die in der ewigen Kälte gepeinigt wurden.

Das kleine Mütterchen stand da und bebte wie Espenlaub. Da war alles so, wie die Alten es in ihren Sagen erzählt hatten. Die Toten wanderten dort oben in unsäglicher Pein und Angst. Die Meisten waren in etwas langes, weißes gehüllt, aber alle hatten sie nackte Füße und unbedeckte Häupter.

Es waren ihrer eine zahllose Menge. Mehr und mehr kamen heran, je länger sie hinsah. Einige gingen stolz und hochaufgerichtet, andere kamen herangeschwebt, als tanzten sie über die Eisfelder, aber sie sah, wie die einen wie die anderen ihre Füße an den Spitzen und Kanten des Eises blutig rissen.

Es war ganz wie in den Sagen. Sie sah, wie sie sich unablässig aneinander schlossen, gleichsam um Wärme zu finden, aber sich augenblicklich wieder trennten, erschreckt durch die Todeskälte, die von ihren Körpern ausströmte. Es war, als ginge die Kälte auf dem Berge von ihnen aus, als erhielten gerade sie den Schnee ungeschmolzen und den Nebel eisig.

Nicht alle bewegten sich, einige standen stille in frierender Versteinerung und schienen jahrelang so gestanden zu haben, denn Schnee und Eis hatten sich um sie gehäuft, so daß nur der Oberkörper sichtbar wurde.

Je länger das kleine Mütterchen hinsah, desto ruhiger wurde sie. Der Schrecken wich von ihr, aber statt dessen wurde sie herzlich betrübt über all diese Gequälten. Es war kein Aufenthalt in der Pein, keine Ruhestatt für die verwundeten Füße, die über Eis eilten, schneidend wie geschliffener Stahl. Und wie sie froren, wie sie vor Kälte bebten und mit den Zähnen klapperten! Die, welche versteinert waren und die, welche sich rühren konnten, alle froren in schneidender, brennender, unerträglicher Kälte.

Da waren viele Knaben und Mädchen. Aber es war keine Jugend in ihren blaugefrorenen Gesichtern, es sah aus, als spielten sie, aber alle Freude war tot. Sie klapperten vor Kälte, schauerten und schrumpften zusammen wie Greise, während ihre nackten Füße die scharfkantigsten Eisstücke zu suchen schienen, um darauf zu treten.

Was sie am meisten rührte, war die zu sehen, die in das harte Gletschereis gebettet dalagen und die, welche als große Eiszapfen von den Seiten des Felsen herabhingen.

Da zog der Mönch seine Hand weg, und die alte Agneta sah bloß die leeren, nackten Schneefelder. Schwere Eismassen lagen hier und dort verstreut, aber sie umschlossen keine versteinerten Gespenster. Der blaue Glanz auf dem Gletscher kam nicht von erfrorenen Körpern. Der Wind jagte ein paar leichte Schneeflocken, keine Geister.

Aber sie war doch gewiß, daß sie recht gesehen, und sie fragte den Mönch:

»Ist es erlaubt, etwas für diese Unseligen zu tun?«

Er antwortete: »Wann hat Gott der Liebe verboten, Gutes zu üben, oder der Barmherzigkeit, Trost zu bringen?«

Damit ging er, und die alte Agneta eilte in ihre Hütte und setzte sich nieder, um zu denken. Den ganzen Abend grübelte sie nach, wie sie den Unseligen helfen könnte, die über die Gletscher wanderten. Sie hatte nicht Zeit, an ihre Einsamkeit zu denken.

Am nächsten Morgen ging sie wieder zum Dorfe hinunter. Sie lächelte und schritt rüstig aus. Das Alter war ihr nicht zu schwer. »Die Toten«, sagte sie zu sich selbst, »fragen nicht viel nach roten Wangen und leichten Füßen. Die verlangen bloß, daß man sich ihrer mit ein bißchen Wärme erinnert. Aber an so etwas denkt die Jugend nicht. Ja, ja, aber wie sollten sich die Dahingeschiedenen gegen die unermeßliche Kälte des Todes schützen, wenn nicht die Alten ihnen ihre Herzen aufschlössen?«

Als sie in den Kramladen kam, kaufte sie dort ein großes Bündel Kerzen und bei einem Bauer bestellte sie eine große Fuhre Holz; aber um das bezahlen zu können, mußte sie doppelt so viel Spinnarbeit annehmen als gewöhnlich.

Gegen Abend, als sie wieder daheim war, sprach sie viele Gebete und suchte sich durch Singen frommer Lieder guten Muts zu erhalten. Doch sie wurde immer verzagter. Gleichwohl tat sie das, was sie sich vorgenommen hatte zu tun.

Sie machte ihr Bett in der inneren Stube zurecht. In der äußeren stapelte sie einen großen Stoß Holz auf und entzündete ihn. Ins Fenster stellte sie zwei Lichter, und die Türe der Hütte öffnete sie sperrangelweit. Dann ging sie hin und legte sich nieder.

Sie lag in der Dunkelheit und lauschte.

Ja, das waren bestimmt Schritte. Es war, als käme jemand über das Gletschereis gefahren. Es kam schleppend und stöhnend. Es schlich sich um die Hütte, als wagte es nicht hereinzukommen. Dicht an der Hausecke stand es und klapperte.

Die alte Agneta konnte das nicht ertragen. Sie fuhr aus dem Bette auf und eilte hinaus in die äußere Kammer; da riß sie die Türe zu und versperrte sie. Das war zu viel; Fleisch und Blut konnte das nicht aushalten!

Vor der Hütte hörte sie schwere Seufzer und gleitende Schritte, wie von wunden, wehen Füßen. Sie schleppten sich immer weiter fort hinauf zum Gletschereis. Man hörte auch hie und da ein Schluchzen, aber bald wurde es wieder ganz still.

Da geriet die alte Agneta vor Angst außer sich. »Du bist feig, du alte Hexe«, sagte sie. »Die Flamme brennt herunter und die teuren Kerzen auch. Soll alles vergeblich sein, nur um deiner elenden Feigheit willen?« Und als sie dieses gesagt hatte, stand sie noch einmal auf, vor Furcht weinend, mit klappernden Zähnen und bebenden Gliedern, aber hinaus in die Kammer kam sie und die Türe brachte sie auf.

Sie lag wieder und wartete. Nun hatte sie keine Angst mehr davor, daß sie kamen. Sie lag nur da und ängstigte sich, daß sie sie verscheucht hatte, so daß sie nicht versuchen würden, wiederzukommen.

Da begann sie ins Dunkel zu rufen, wie in den Jugendtagen, als sie der Herde folgte: »Meine kleinen weißen Lämmchen, meine Lämmchen in den Bergen, kommt, kommt! Kommt herab von Klüften und Graten, meine kleinen weißen Lämmchen!«

Da war es, als wäre ein harter Wind vom Felsen gekommen und in die Hütte gefahren. Sie hörte keine Schritte oder Seufzer, nur Windstöße, die um die Hausecken brausten und in die Hütte pfiffen. Und es klang, als warnte jemand unablässig: »Sch, sch, nicht erschrecken, nicht erschrecken!«

Sie hatte das Gefühl, daß das äußere Zimmer so übervoll war, daß man sich an die Wände drängte und sie beinahe sprengte. Zuweilen war es, als wollten die dort draußen das Dach abheben, um Raum zu bekommen. Aber immer war da jemand, der flüsterte: »Sch, sch, nicht erschrecken, nicht erschrecken!«

Da wurde die alte Agneta glückselig und ruhig. Sie faltete die Hände und schlief ein.

Des Morgens war es, als wäre es ein Traum gewesen. Alles in dem äußeren Zimmer war unverändert, die Flamme war ausgebrannt und die Lichter desgleichen. Nicht ein Tröpfchen Talg war in den Leuchtern übrig. – – –

* *
*

So lange die alte Agneta lebte, fuhr sie fort, so für die Toten zu sorgen. Sie spann und mühte sich, so daß sie ihre Flamme brennend erhalten konnte in allen Nächten. Und sie war glücklich, weil sie wußte, daß jemand ihrer bedurfte.

So kam ein Sonntag heran, an dem sie auf ihrem Platz in der Kirche nicht gesehen wurde. Einige Bauern gingen hinauf in ihre Hütte, um zu sehen, ob ihr etwas fehlte. Da war sie schon tot, und sie trugen die Leiche hinab in das Dorf, um sie zu begraben.

Als die alte Agneta am nächsten Sonntag in die Erde hinabgesenkt wurde, gerade vor der Messe, da waren es nur wenige Menschen, die ihr das Geleite gaben. Auch sah man in keinem Antlitz Trauer.

Aber plötzlich, gerade als der Sarg beigesetzt werden sollte, kam ein hoher ernster Mönch auf den Kirchhof, und er stellte sich hin und wies auf die schneebedeckte Alpe. Da sahen die, die am Grabe standen, daß die ganze Alpe sich in das zarteste Rot gehüllt hatte, gleichsam als leuchtete sie vor Freude auf, und daß sich über ihre Mitte ein Zug kleiner gelber Flammen schlängelte, so wie von brennenden Kerzen. Und dieser Lichter waren ebenso viele wie die Lichter, die die Tote den Unseligen gegeben.

Da sagten die Leute: »Gepriesen sei Gott! Sie, um die niemand hier unten trauert, hat doch dort oben in der großen Einsamkeit Freunde gefunden.«

Unser Herr und der heil. Petrus

Es war um die Zeit, als unser Herr und der heilige Petrus eben ins Paradies gekommen waren, nachdem sie während vieler Jahre der Betrübnis auf Erden umhergewandert waren und manches erlitten hatten.

Man kann denken, daß dies eine Freude für Sankt Petrus war. Man kann denken, daß es ein ander Ding war, auf dem Berge des Paradieses zu sitzen und hinaus über die Welt zu sehen, als von Tür zu Tür als Bettler zu wandern. Es war ein ander Ding, in den Lustgärten des Paradieses umherzuschlendern, als auf Erden einherzugehen und nicht zu wissen, ob man in stürmischer Nacht Obdach bekam, oder ob man gezwungen war, draußen auf der Landstraße in Kälte und Dunkel umherzuwandern.

Man muß sich nur denken, welche Freude es gewesen sein muß, endlich an den rechten Ort zu kommen nach solcher Reise. Er hatte wohl nicht immer so gewiß sein können, daß alles ein gutes Ende nehmen würde. Er hatte es nicht lassen können, bisweilen zu zweifeln und unruhig zu sein, denn es war ja für Sankt Petrus, den Armen, beinahe unmöglich gewesen, zu begreifen, wozu es dienen sollte, daß sie es so schwer hatten, wenn unser Herr der Herr aller Welt war.

Und nun sollte nie mehr die Sehnsucht kommen und ihn quälen. Das kann man glauben, daß er darob froh war.

Nun konnte er förmlich darüber lachen, wie viel Betrübnis er und unser Herr hatten ausstehen und mit wie wenigem sie sich hatten begnügen müssen.

Einmal, als es ihnen so übel ergangen, daß er vermeinte, es kaum länger ertragen zu können, hatte unser Herr ihn mit sich genommen und begonnen, einen hohen Berg hinanzuwandern, ohne ihm zu sagen, was sie dort oben zu tun hatten.

Sie waren an den Städten vorbeigewandert, die am Fuße des Berges waren, und an den Schlössern, die höher oben lagen. Sie waren über die Bauernhöfe und Sennhütten hinausgekommen, und sie hatten die Steingrotte des letzten Holzhauers hinter sich gelassen.

Sie waren endlich dorthin gekommen, wo der Berg nackt ohne Pflanzen und Bäume dastand, und wo ein Eremit sich eine Hütte erbaut hatte, um in Not geratenen Wandersleben beispringen zu können.

Dann waren sie über die Schneefelder gegangen, wo die Murmeltiere schlafen, und hinauf zu den wilden, zusammengetürmten Eismassen gelangt, zu denen kaum ein Steinbock vordringen konnte.

Dort oben hatte unser Herr einen kleinen Vogel mit roter Brust gefunden, der erfroren auf dem Eise lag, und er hatte den kleinen Dompfaffen aufgehoben und eingesteckt. Und Sankt Petrus erinnerte sich, daß er neugierig gewesen war, ob dieser Vogel ihr Mittagbrot sein würde.

Sie waren eine lange Strecke über die schlüpfrigen Eisstücke gewandert, und es wollte Sankt Peter bedünken, als wäre er nie dem Totenreich so nahe gewesen, denn ein todeskalter Wind und ein todesdunkler Nebel umhüllten sie, und weit und breit fand sich nichts Lebendes. Und doch waren sie nicht höher gekommen, als bis zur Mitte des Berges. Da hatte er unsern Herrn gebeten, umkehren zu dürfen.

»Noch nicht«, sagte unser Herr, »denn ich will dir etwas weisen, das Dir den Mut geben wird, alle Sorgen zu tragen.«

Und sie waren weiter durch Nebel und Kälte gewandert, bis sie eine unendlich hohe Mauer erreicht hatten, die sie hinderte, weiterzukommen.

»Diese Mauer geht rings um den Berg«, sagte unser Herr, »und Du kannst sie auf keinem Punkte übersteigen. Auch kann kein Mensch etwas von dem erblicken, das dahinter liegt, denn hier ist es, wo das Paradies anfängt, und hier wohnen die seligen Toten den ganzen Bergeshang hinan.«

Da hatte Sankt Petrus es nicht lassen können, mißtrauisch auszusehen. »Dort drinnen ist nicht Dunkel und Kälte wie hier«, sagte unser Herr, »sondern dort ist grüner Sommer und klarer Schein von Sonnen und Sternen.« Aber Sankt Petrus vermochte nicht, ihm zu glauben.

Da nahm unser Herr den kleinen Vogel, den er jüngst auf dem Eisfelde gefunden, und bog sich zurück und warf ihn über die Mauer, so daß er hinab ins Paradies fiel.

Und gleich darauf hörte der heilige Petrus ein jubelndes, fröhliches Zwitschern und erkannte den Gesang eines Dompfaffen wieder und verwunderte sich höchlich.

Er wandte sich an unsern Herrn und sagte: »Laß uns wieder hinab auf die Erde gehen und alles dulden, was geduldet werden muß, denn nun sehe ich, daß Du wahr gesprochen, und daß es einen Ort gibt, wo das Leben den Tod überwindet.«

Und sie waren den Berg hinabgestiegen und hatten ihre Wanderung aufs neue begonnen. Dann hatte Sankt Petrus lange Jahre nichts mehr vom Paradiese gesehen, sondern war nur einer gegangen und hatte sich nach dem Lande hinter der Mauer gesehnt. Und nun war er endlich dort und brauchte sich nicht mehr zu sehnen, sondern konnte den ganzen Tag mit vollen Händen Freude aus niemals versiegenden Quellen schöpfen.

Aber Sankt Petrus war kaum vierzehn Tage im Paradiese gewesen, als es geschah, daß ein Engel zu unserm Herrn kam, der auf seinem Stuhle saß, sich siebenfach vor ihm neigte und ihm sagte, daß ein schweres Unglück über Sankt Petrus gekommen sein müsse. Er wollte weder essen noch trinken, und seine Augen waren rotgerändert, als hätte er seit mehreren Nächten nicht geschlafen.

Sobald unser Herr dies vernahm, erhob er sich und ging und suchte Sankt Petrus auf.

Er fand ihn weit weg an der äußersten Grenze des Paradieses. Er lag auf dem Boden, als wäre er zu ermattet, um zu stehen, und hatte seine Kleider zerrissen und Asche auf sein Haupt gestreut.

Als unser Herr ihn so betrübt sah, setzte er sich auf den Boden neben ihn und sprach zu ihm ganz so, wie er es getan hätte, wenn sie noch in der Betrübnis dieser Welt umhergewandert wären.

»Was ist es, das Dich so traurig macht, Sankt Petrus?« sagte unser Herr. Aber der Schmerz übermannte Sankt Petrus so sehr, daß er nichts zu antworten vermochte.

»Was ist es, das Dich so traurig macht, Sankt Petrus?« fragte unser Herr aufs neue. Als unser Herr die Frage wiederholte, nahm Sankt Petrus seine Goldkrone vom Kopfe und warf sie unserm Herrn zu Füßen, gleichsam, als wollte er sagen, daß er fürderhin keinen Teil mehr haben wollte an seiner Ehre und Herrlichkeit.

Aber unser Herr begriff wohl, daß Sankt Petrus so verzweifelt war, daß er nicht wußte, was er tat, und so zeigte er ihm keinen Groll. »Du mußt mir doch endlich sagen, was Dich quält«, sagte er ebenso sanftmütig wie zuvor und mit noch größerer Liebe in der Stimme.

Aber nun sprang Sankt Petrus auf, und da sah unser Herr, daß er nicht nur betrübt war, sondern auch erzürnt.

»Nun will ich Urlaub aus Deinen Diensten haben«, sagte Sankt Petrus. »Ich kann nicht einen Tag länger im Paradiese bleiben.«

Aber unser Herr suchte ihn zu beschwichtigen, so wie er es oftmals zuvor hatte tun müssen, wenn Sankt Petrus aufgebraust war.

»Ich will Dich gewiß nicht hindern, zu gehen«, sagte er, »aber erst mußt Du mir sagen, was Dir mißfällt.«

»Ich kann Dir sagen, daß ich mir besseren Lohn versprach, als wir beide unten auf Erden alle Art Elend erduldeten«, sagte Sankt Petrus. Unser Herr sah, daß Sankt Petrus' Seele von Bitterkeit erfüllt war, und er fühlte keinen Groll gegen ihn.

»Ich sage Dir, daß Du frei bist, zu ziehen, wohin Du willst«, sagte er, »wenn Du mich nur wissen läßt, was dich betrübt.«

Da endlich erzählte Sankt Petrus, warum er unglücklich war. »Ich hatte eine alte Mutter«, sagte er, »und sie starb vor ein paar Tagen.«

»Nun weiß ich, was Dich quält«, sagte unser Herr. »Du leidest, weil Deine Mutter nicht hierher ins Paradies gekommen ist.«

»So ist es«, sagte Sankt Petrus und begann zu schluchzen.

»Ich meine doch, ich könnte es verdient haben, daß sie herkommen darf«, sagte er.

Aber als nun unser Herr erfahren hatte, was es war, worüber der heilige Petrus trauerte, war die Reihe betrübt zu werden an ihm. Denn Sankt Petrus' Mutter war nicht so gewesen, daß sie ins Himmelreich kommen konnte. Sie hatte nie an etwas anderes gedacht, als Geld zu sammeln, und armen Leuten, die vor ihrer Türe gestanden, hatte sie niemals auch nur einen Groschen oder einen Bissen Brot gegeben, und nun konnte unser Herr es nicht übers Herz bringen, Sankt Petrus zu sagen, daß seine Mutter so geizig gewesen, daß sie die Seligkeit nicht genießen konnte.

»Sankt Petrus«, sagte er, »woher kannst Du wissen, ob Deine Mutter sich bei uns glücklich fühlen würde?«

»Sieh, solches sagst Du nur, damit Du mich nicht erhören mußt«, sagte Sankt Petrus. »Wer sollte sich im Paradiese nicht glücklich fühlen?«

»Derjenige, der nicht Freude über die Freude anderer fühlt, kann dort nicht glücklich sein«, sagte unser Herr.

»Dann sind dort noch andere als meine Mutter, die nicht hereinpassen«, sagte Sankt Petrus, verdrossen.

Unser Herr fühlte sich immer mehr und mehr betrübt darüber, daß Sankt Petrus von einem so tiefen Kummer getroffen war, daß er nicht mehr wußte, was er sagte. Er blieb eine Weile stehen und wartete, ob Sankt Petrus nicht bereuen und einsehen würde, daß seine Mutter nicht ins Paradies gehörte, aber er wollte gar nicht zu Vernunft kommen.

Da rief unser Herr einen Engel zu sich und befahl ihm, hinab zur Hölle zu fahren und die Mutter des heiligen Petrus ins Paradies heraufzuholen.

»Laß mich dann auch sehen, wie er sie heraufholt«, sagte Sankt Petrus. Unser Herr nahm Sankt Petrus bei der Hand und führte ihn hinaus auf einen Felsen, der auf der einen Seite ganz kerzengerade jäh abfiel. Und er zeigte ihm, daß er sich nur ein klein wenig über den Rand zu beugen brauchte, um gerade hinab in die Hölle zu sehen.

Als Sankt Petrus hinunterblickte, konnte er im Anfang nicht mehr unterscheiden, als wenn er in einen Brunnen hinabgesehen hätte. Es war, als öffnete sich ein unendlicher schwarzer Schlund unter ihm. Das erste, was er deutlich sah, war der Engel, der sich schon auf den Weg nach dem Abgrund gemacht hatte. Er sah, wie er ohne alle Furcht in das große Dunkel hinabeilte und nur die Flügel ein wenig ausbreitete, um nicht zu heftig zu fallen.

Aber als Sankt Petrus seine Augen ein bißchen eingewöhnt hatte, fing er an, immer mehr und mehr zu sehen. Er begriff fürs erste, daß das Paradies auf einem Ringberg lag, der eine weite Kluft einschloß, und daß in der Tiefe dieser Kluft die Verdammten ihre Wohnstatt hatten. Er sah, wie der Engel eine lange Weile fiel und fiel, ohne hinab in die Tiefe zu kommen. Er war ganz erschrocken darüber, daß es so weit dort hinunter war.

»Möchte er doch nur wieder mit ihr heraufkommen können«, sagte er.

Unser Herr blickte nur mit großen, betrübten Augen auf Sankt Petrus. »Es gibt keine Last, die mein Engel nicht heben kann«, sagte er.

Er war so weit hinab zum Abgrunde, daß kein Sonnenstrahl dort hinunter dringen konnte, sondern schwarze Schatten dort herrschten. Aber nun war es, als hätte der Engel mit seinem Fluge ein wenig Klarheit und Licht hingebracht, so daß es für Sankt Petrus möglich ward, zu merken, wie es dort unten aussah.

Da war eine unendliche schwarze Felsenwüste, scharfe, spitzige Klippen deckten den ganzen Grund, und zwischen ihnen blinkten Tümpel von schwarzem Wasser. Kein grünes Hälmchen, kein Baum, kein Zeichen des Lebens fand sich da.

Aber überall auf die scharfen Felsen waren die unseligen Toten hinaufgeklettert. Sie hingen über den Felsenspitzen, als hätten sie gehofft, hinaus aus der Kluft gelangen zu können, und als sie gesehen, daß sie nirgendhin zu kommen vermochten, waren sie dort oben verblieben, vor Verzweiflung versteinert.

Er sah einige von ihnen sitzen oder liegen, die Arme in ewiger Sehnsucht ausgestreckt, die Augen unverwandt nach oben gerichtet. Andere hatten die Hände vors Antlitz geschlagen, wie um das hoffnungslose Grauen um sich nicht sehen zu müssen. Sie waren alle reglos, keiner von ihnen bewegte sich. Manche lagen ganz regungslos in den Wassertümpeln, ohne zu versuchen, herauszukommen. Das Entsetzlichste war, daß ihrer eine solche Menge waren. Es war, als bestände der Grund der Kluft aus nichts anderem, als aus Leibern und Köpfen.

Und Sankt Petrus ward von einer neuen Unruhe gepackt. »Du wirst sehen, er findet sie nicht«, sagte er zu unserm Herrn.

Unser Herr sah ihn nur mit demselben betrübten Blick an wie jüngst zuvor. Er wußte wohl, daß Sankt Petrus über den Engel nicht unruhig zu sein brauchte.

Aber für Sankt Petrus hatte es noch immer den Anschein, als ob der Engel nicht gleich seine Mutter unter der großen Menge von Unseligen finden könnte. Er breitete die Flügel aus und schwebte über dem Abgrund auf und ab, indes er sie suchte.

Auf einmal gewahrte einer der unseligen verdammten unten im Abgrunde den Engel. Und er sprang auf und streckte die Arme zu ihm empor und rief: »Nimm mich mit, nimm mich mit!«

Da kam mit einemmal Leben in die ganze Schar. Alle Millionen und Millionen, die unten in der Hölle verschmachteten, stürmten im selben Augenblick auf und erhoben ihre Arme und riefen den Engel an, er möchte sie hinauf zu dem seligen Paradiese führen.

Ihre Schreie drangen bis hinauf zu unserm Herrn und Sankt Petrus, und ihre Herzen bebten vor Schmerz, als sie es hörten.

Der Engel hielt sich schwebend hoch über den Verdammten, aber wie er hin und her glitt, um die zu entdecken, die er suchte, stürmten alle nach, so daß es aussah, als würden sie von der Windsbraut dahingefegt.

Endlich hatte der Engel die erblickt, die er holen sollte. Er faltete die Flügel auf dem Rücken zusammen und schoß hinab wie ein Pfeil. Und Sankt Petrus schrie in frohem Erstaunen auf, als er ihn den Arm um seine Mutter schlingen und sie emporheben sah.

»Selig seist Du, der Du mir die Mutter zuführst!« sagte er.

Unser Herr legte warnend seine Hand auf des heiligen Petrus Schultern, als wollte er ihn warnen sich nicht zu früh der Freude hinzugeben.

Aber Sankt Petrus war nahe daran, vor Glück zu weinen, weil seine Mutter gerettet war, und er konnte nicht verstehen, daß sie noch etwas zu trennen vermochte. Und noch größere Freude bereitete es ihm zu sehen, daß, wie hurtig der Engel auch gewesen, als er sie emporhob, einige der Verdammten doch noch behender waren, so daß sie sich an sie, die erlöst werden sollte, festhängten, um zugleich mit ihr ins Paradies geführt zu werden.

Es waren ihrer etwa ein Dutzend, die sich an die alte Frau festgehängt hatten, und Sankt Petrus dachte, daß es eine große Ehre für seine Mutter war, so vielen Unglücklichen aus der Verdammnis zu helfen.

Der Engel tat auch nichts, um sie zu hindern. Er schien von der Bürde gar nicht beschwert, sondern stieg nur und stieg, und er regte die Schwingen nicht heftiger, als wenn er ein totes Vögelchen zum Himmel getragen hätte.

Aber da sah Sankt Petrus, wie seine Mutter anfing, sich von den Unseligen loszureißen, die an ihr festhingen. Sie packte ihre Hände und löste deren Griff, so daß einer nach dem anderen hinab in die Hölle taumelte.

Sankt Petrus konnte mit eigenen Ohren hören, wie sie baten und sie anflehten, aber sie konnte es nicht ertragen, daß ein anderer außer ihr selbst selig werden sollte. Sie machte sich von immer mehreren und mehreren frei und warf sie hinab ins Elend. Und wie sie stürzten, ward der ganze Raum von Wehrufen und Verwünschungen erfüllt.

Da rief Sankt Petrus und bat seine Mutter, sie sollte doch Barmherzigkeit zeigen, aber sie wollte nichts hören, sondern fuhr fort, wie sie begonnen.

Und Sankt Petrus sah, wie der Engel immer langsamer und langsamer flog, je leichter seine Bürde wurde, und seine Beine versagten ihm vor Schrecken den Dienst, so daß er auf die Knie sinken mußte.

Endlich war es nur eine Einzige, die sich an Sankt Petrus' Mutter festhielt. Es war eine, die ihr am Halse hing und dicht an ihrem Ohr flehte und bat, sie möchte sie mit in das gesegnete Paradies lassen. Sie waren jetzt so weit gekommen, daß Sankt Petrus schon die Arme ausstreckte, um die Mutter zu empfangen. Es dünkte ihn, der Engel müßte noch ein paar Flügelschläge machen, um oben auf dem Berge zu sein.

Aber da hielt der Engel mit einemmal die Schwingen ganz still, und sein Antlitz wurde so dunkel wie die Nacht.

Denn jetzt streckte die alte Frau die Hände nach rückwärts und ergriff die, die an ihrem Halse hing, bei den Armen, und sie riß und zerrte, bis es ihr glückte, die verschlungenen Hände zu trennen, so daß sie auch von der letzten frei ward.

Im selben Augenblick sank der Engel mehrere Klafter tiefer, und es sah aus, als vermöchte er nicht mehr, die Schwingen zu heben.

Mit tief betrübten Blicken sah er hinab auf die alte Frau, und sein Griff lockerte sich, und er ließ sie fallen, als sei sie eine allzuschwere Bürde für ihn, jetzt, da sie allein geblieben.

Dann schwang er sich mit einem einzigen Flügelschlage hinauf ins Paradies.

Aber Sankt Petrus blieb lange auf derselben Stelle liegen und schluchzte, und unser Herr stand still neben ihm.

»Sankt Petrus«, sagte unser Herr endlich, »nimmer hätte ich geglaubt, daß Du so weinen würdest, nachdem du ins Paradies gekommen warst.«

Da erhob Gottes alter Diener sein Haupt und antwortete: »Was ist das für ein Paradies, wo ich meiner Liebsten Jammer höre und meiner Mitmenschen Leiden sehe!«

Aber unseres Herrn Angesicht verdüsterte sich in tiefstem Schmerze. »Was wollte ich lieber, als euch allen ein Paradies von eitel hellem Glück bereiten?« sagte er. »Begreifst Du nicht, daß ich um dessentwillen hinab zu den Menschen ging und sie lehrte, ihren Nächsten zu lieben wie sich selbst. Denn wisse es, Sankt Petrus, solange sie dies nicht tun, gibt es keine Freistatt im Himmel noch auf Erden, wo Schmerz und Betrübnis sie nicht zu ereilen vermöchten.«

Die Legende vom Vogelnest

Hatto, der Eremit, stand in der Einöde und betete zu Gott. Es stürmte, und sein langer Bart und das zottige Haar umflatterten ihn, wie die vom Winde bewegten Grasbüschel auf den Zinnen einer alten Ruine. Doch strich er weder das Haar aus den Augen, noch steckte er den Bart in den Gürtel, denn er hatte die Arme zum Gebet erhoben. Seit Sonnenaufgang hatte er die knochigen, behaarten Arme ebenso unermüdlich gen Himmel gestreckt, wie ein Baum seine Zweige dahin richtet, und er gedachte bis zum Abend in dieser Stellung zu verharren. Er hatte um ein großes Ding zu bitten.

Er war ein Mann, der viel von der Bosheit dieser Welt erfahren. Er war selbst ein Verfolger und Peiniger gewesen, und Qual und Verfolgung war ihm von anderen mehr zuteil geworden, als sein Herz zu tragen vermocht. So zog er denn auf die große Heide hinaus, grub sich eine Höhle in das Flußufer und wurde ein heiliger Mann, dessen Gebete vor Gottes Throne Erhörung fanden.

Hatto, der Eremit, stand dort am Flußufer vor seiner Höhle und bat die große Bitte seines Lebens. Er bat Gott, das Jüngste Gericht über diese böse Welt hereinbrechen zu lassen. Er rief die posaunenblasenden Engel an, das Ende der Sündenherrschaft zu verkünden. Er rief die Wogen des Blutmeeres, die Ungerechten zu ertränken. Er rief die Pest, damit sie die Kirchhöfe mit Haufen von Leichen fülle.

Um ihn herum war öde Heide. Doch eine kleine Strecke weiter am Ufer hinauf stand eine alte Weide, deren kurzer Stamm oben zu einem großen kopfähnlichen Knorren anschwoll, auf dem neue, frischgrüne Zweige wuchsen. Jeden Herbst wurden ihr diese frischen Jahresschüsse von den Bewohnern der an Brennholz so armen Ebene geraubt. Jeden Frühling brachte der Baum neue, biegsame Schüsse hervor, die man bei stürmischem Wetter um ihn wehen und fliegen sah, so wie Haar und Bart Hatto, den Eremiten, umflatterten.

Das Bachstelzenpaar, das sein Nest oben auf dem Weidenstamme zwischen den aufsprießenden Zweigen zu bauen pflegte, hatte gerade heute mit dem Baue beginnen wollen. Doch zwischen den gewaltsam peitschenden Zweigen fanden die Vögel keine Ruhe. Sie kamen mit Binsen, überjährigem Riedgras und Wurzelfasern herbeigeflogen, mußten aber unverrichteter Sache wieder umkehren. Da bemerkten sie den alten

Hatto, der Gott anflehte, den Sturm siebenfach stärker werden zu lassen, auf daß das Nest der kleinen Vögel fortgeweht und der Horst des Adlers zerstört werde.

Natürlich kann kein jetzt Lebender sich eine richtige Vorstellung davon machen, wie bemoost und vertrocknet, knochig, schwarz und menschenunähnlich solch ein alter Heidemann aussehen konnte. Die Haut saß so straff über Stirn und Wangen, daß der Kopf fast einem Totenschädel glich, und nur ein schwaches Leuchten tief in den Augenhöhlen zeigte an, daß noch Leben in ihm war. Die vertrockneten Muskeln verliehen dem Körper keine Rundung, die erhobenen, nackten Arme bestanden nur aus dünnen, mit runzliger, harter, rindeähnlicher Haut überzogenen Knochenröhren. Er trug eine alte, enganschließende, schwarze Kutte. Die Sonne hatte ihn gebräunt, der Schmutz ihn geschwärzt. Nur Haar und Bart waren hell, denn Regen und Sonnenschein hatten sie bearbeitet, bis sie die graugrüne Farbe auf der Unterseite der Weidenblätter bekommen hatten.

Die umherkreisenden Vögel, die einen Bauplatz suchten, hielten Hatto, den Eremiten, ebenfalls für eine alte, durch Axt und Säge in ihrem Himmelanstreben gehemmte Weide. Sie umkreisten ihn wiederholt, entfernten sich und kamen wieder, merkten sich den Weg zu ihm, berechneten seine Lage im Verhältnis zu Raubvögeln und Stürmen, fanden ihn recht ungeeignet und entschieden sich doch für ihn, weil er so nahe bei ihrem Speicher und ihrer Vorratskammer, dem Riedgrase und dem Flusse, stand. Einer von ihnen schoß pfeilschnell nieder und legte ihm seine Wurzelfaser in die ausgestreckte Hand.

Der Sturm hielt gerade inne, so daß die Fasern ihm nicht sofort aus der Hand flogen, doch der Eremit machte in seinem Gebete keine Pause.

»Komme bald, o Herr, und vernichte diese Welt des Verderbens, damit die Menschen sich nicht noch mehr mit Sünde belasten können! Erlöse die Ungeborenen vom Leben! Für die Lebenden gibt es keine Erlösung.«

Der Sturm nahm wieder zu und wehte die kleine Wurzelfaser aus der großen, knochigen Hand des Eremiten. Doch die Vögel kamen wieder und versuchten ihm die Grundpfeiler des neuen Heims zwischen den Fingern einzukeilen.

Plötzlich legte sich da ein grober, schmutziger Daumen über die Halme und hielt sie fest, und vier Finger wölbten sich über die Handfläche und bildeten eine geschützte Nische zum Bauen. Der Eremit aber vollendete sein Gebet.

»Herr, wo sind die Feuerwolken, die Sodom verheerten? Wann öffnest du die Schleusen des Himmels, die die Arche auf Ararats Gipfel erhoben? Ist das Maß deiner Geduld nicht voll und die Schale deiner Gnade nicht leer? Herr, wann kommst du aus deinem sich öffnenden Himmel?«

Und da zeigten sich Hatto, dem Eremiten, Fiebergesichte vom Jüngsten Tage. Die Erde bebte, der Himmel brannte. Unter dem glühenden Firmamente sah er schwarze Wolken von fliehenden Vögeln, brüllend und schreiend wälzte sich ein Strom fliehender Tiere über das Feld.

Doch während seine Seele mit diesen Feuergesichten beschäftigt war, begannen seine Augen dem Fluge der kleinen Vögel zu folgen, die blitzschnell hin- und herflogen und mit einem »Piep« der Befriedigung einen neuen Halm in das Nest fügten.

Der Alte dachte nicht daran, sich zu bewegen. Er hatte das Gelübde getan, den ganzen Tag mit erhobenen Händen stillstehend zu beten, um dadurch den Herrn zur Erhörung zu zwingen. Je müder sein Leib wurde, desto lebhafter erfüllten die Gesichte sein Hirn. Er hörte die Mauern der Stadt einstürzen und die Wohnungen der Menschen zusammenbrechen. Schreiende, erschreckte Volkshaufen stürmten an ihm vorüber, und hinter ihnen her jagten die Engel der Rache und der Vernichtung, hohe Gestalten mit strengem, schönem Antlitz, in silberner Rüstung, auf schwarzen Rossen, die aus weißen Blitzen geflochtenen Geißeln schwingend.

Die kleinen Bachstelzen mauerten und zimmerten den ganzen Tag fleißig, und die Arbeit machte große Fortschritte. Auf der bültigen Heide mit ihrem steifen Riedgrase und an dem Flusse mit seinen Binsen und seinem Schilfe war kein Mangel an Baumaterial. Sie hatten weder zur Mittagsruhe noch zum Vespern Zeit. Glühend vor Eifer und Interesse flogen sie hin und her, und noch vor Abend waren sie beim Dachfirste angelangt.

Doch noch ehe es Abend wurde, richtete der Eremit seine Augen immer mehr auf sie. Er folgte ihnen im Fluge, er schalt sie, sobald sie ungeschickt waren, er ärgerte sich, wenn der Wind ihnen Schaden tat, und am allerwenigsten duldete er, daß sie sich ausruhten.

Die Sonne sank, und die Vögel suchten ihre alte Ruhestätte im Schilfe auf.

Wer abends über die Heide wandert, lege sich so nieder, daß sich sein Gesicht in gleicher Höhe mit den Hübeln befindet, dann wird er eine eigentümliche Erscheinung sich gegen den hellen Westen abheben sehen.

Eulen mit großen, runden Flügeln jagen über das Feld hin, ohne daß der Aufrechtstehende sie sieht. Geschmeidige Kreuzottern schlängeln sich schnell dahin und erheben den schmalen Kopf auf dem schwanengleich gebogenen Halse. Große Kröten kriechen träge umher, Hasen und Wühlmäuse fliehen vor den Raubtieren, und der Fuchs springt nach einer Fledermaus, die über dem Flusse Mücken jagt. Jede Erdscholle scheint Leben bekommen zu haben. Unterdessen schlafen die kleinen Vögel auf schwankenden Binsen, geschützt vor jeder Gefahr, auf diesem Ruheplatze, dem sich kein Feind nahen kann, ohne daß das Wasser plätschert oder das Schilf raschelt und sie weckt.

Als der Morgen kam, glaubten die Bachstelzen erst, die Ereignisse des vorherigen Tages müßten ein schöner Traum gewesen sein.

Sie hatten ihre Landmerkzeichen und flogen direkt nach ihrem Neste. Es war fort. Sie flogen suchend über die Heide und stiegen in die Luft empor, um zu spähen. Weder von Baum noch Nest eine Spur. Schließlich setzten sie sich auf ein paar Steine am Ufer und dachten nach. Sie wippten mit dem langen Schwanze und drehten das Köpfchen. Wo mochten Baum und Nest nur geblieben sein?

Doch kaum hatte die Sonne sich eine Handbreit über den Waldgürtel am anderen Ufer erhoben, als ihr Baum gewandert kam und sich wieder an denselben Platz, den er tags zuvor eingenommen, stellte. Er war noch geradeso schwarz und knorrig und trug ihr Nest auf der Spitze eines, wie es schien, trockenen, aufrechtstehenden Zweiges.

Da begannen die Bachstelzen wieder zu bauen, ohne über die vielen Wunder der Natur weiter nachzugrübeln.

Hatto, der Eremit, der die kleinen Kinder von seiner Höhle fortjagte und ihnen sagte, es wäre besser gewesen, wenn sie nie das Licht des Tages erblickt, der in den Schlamm hineinlief, um den frohen, jungen Leuten, die in bewimpelten Booten den Fluß hinaufruderten, Flüche und Verwünschungen nachzurufen, Hatto, vor dessen bösem Blicke die Hirten auf der Heide ihre Herden bewachten, war nicht um der kleinen Vögel willen an seinen Platz am Ufer zurückgekehrt. Er wußte aber, daß nicht nur jeder Buchstabe der heiligen Bücher seine verborgene, mystische Bedeutung hat, sondern alles und jedes, was Gott in der Natur geschehen läßt. Er hatte nun begriffen, was es bedeutete, daß die Bachstelzen in seiner Hand bauten. Gott wollte, er solle mit erhobenen Händen betend stehen bleiben, bis die Vögel ihre Jungen groß gezogen, und könne er dies, so werde er erhört werden. –

Doch an diesem Tage sah er weniger Erscheinungen. Statt dessen folgten seine Blicke den Vögeln immer eifriger.

Er sah das Nest schnell fertig werden. Die kleinen Baumeister flogen rund herum und besichtigten es. Sie holten kleines Flechtenmoos von der wirklichen Weide und klebten es statt der Farbe oder des Abputzes außen fest. Sie holten das feinste Baumwollenkraut, und das Weibchen nahm Dunen von seiner eigenen Brust und stopfte das Nest damit aus, und so war das Haus eingerichtet und möbliert.

Die Bauern, die fürchteten, daß die Gebete des Heidemannes bei Gott verderblichen Einfluß haben könnten, pflegten ihm Milch und Brot zu bringen, um seinen Zorn zu besänftigen.

Sie kamen auch jetzt und fanden ihn regungslos, mit dem Vogelneste in der Hand, stehend.

»Sieh, wie der fromme Mann das kleine Getier liebt!« sagten sie und fürchteten ihn nicht mehr, sondern setzten ihm den Milcheimer an die Lippen und steckten ihm das Brot in den Mund.

Als er gegessen und getrunken, trieb er die Leute mit bösen Worten fort, doch sie lächelten nur über seine Verwünschungen.

Sein Leib war schon lange seinem Willen untertänig. Durch Hunger und Schläge, tagelanges Knien und wochenlanges Wachen hatte er ihn gehorchen gelehrt.

Jetzt hielten die stahlharten Muskeln seinen Arm Tage und Wochen hindurch ausgestreckt, und als das Bachstelzenweibchen auf den Eiern saß und das Nest nicht mehr verließ, suchte er seine Höhle nicht einmal nachts mehr auf. Er lernte im Sitzen mit erhobenen Armen schlafen. Unter den Freunden der Wüste gibt es wohl manche, die noch Größeres getan.

Er gewöhnte sich an die beiden kleinen, unruhigen Vogelaugen, die über den Nestrand auf ihn niederschauten. Er gab auf Hagel und Regen acht und schützte das Nest, so gut er konnte.

Eines Tages verläßt das Weibchen seinen Wachtposten. Beide Bachstelzen sitzen auf dem Nestrande, wippen mit dem Schwanze, halten Rat und sehen seelenvergnügt aus, obgleich das ganze Nest voll von ängstlichem Piepen zu sein scheint. Nach einer Weile gehen sie auf die allerwildeste Mückenjagd.

Eine Mücke nach der andern wird gefangen und für das, was oben in seiner Hand piept, nach Hause getragen.

Und wenn das Futter kommt, piept es just am allerlautesten. Das Piepen stört den frommen Mann in seinen Gebeten.

Und leise, leise senkt sich sein Arm in den Gelenken, die beinahe die Fähigkeit sich zu rühren verloren haben, und seine kleinen, glühenden Augen starren in das Nest.

Etwas so Hilfloses, Häßliches und Erbärmliches hatte er noch nie gesehen: kleine, nackte Leiber mit einigen wenigen Dunen, keine Augen, keine Flugkraft, eigentlich nur sechs große, aufgesperrte Schnäbel.

Der Anblick berührte ihn eigentümlich, aber er mochte sie so leiden, wie sie waren.

Ihre Eltern hatte er nie von dem großen Untergange ausgenommen gewünscht, doch wenn er von nun an Gott anflehte, die Welt durch Vernichtung zu erlösen, machte er stillschweigend einen Vorbehalt zugunsten dieser sechs Hilflosen.

Als die Bauernweiber ihm nun Essen brachten, dankte er ihnen nicht durch böse Wünsche. Er freute sich, daß sie ihn nicht verhungern ließen, denn die Kleinen da oben bedurften ja seiner.

Bald streckten sich sechs runde Köpfe den ganzen Tag über den Rand des Nestes.

Immer öfter ließ der alte Hatto den Arm bis zu den Augen sinken. Er sah die Federn aus der roten Haut hervorkommen, die Augen sich öffnen und die Körperformen sich runden.

Glückliche Erben der Schönheit, die die Natur den Bewohnern der Luft geschenkt, entwickelten sich bald in ihrer Anmut.

Und während dieser Zeit kamen die Gebete um das große Verderben immer zögernder über die Lippen des Alten. Er glaubte Gottes Versprechen zu haben, daß es kommen solle, sobald die Jungen fliegen konnten. Jetzt suchte er sozusagen eine Ausflucht vor Gott, dem Vater. Denn diese sechs Kleinen, die er beschützt und behütet, konnte er nicht opfern.

Vorher war es etwas anderes gewesen, da hatte er nichts gehabt, was ihm gehörte. Die Liebe zu den Kleinen und Hilflosen – die jedes kleine Kind die großen, gefährlichen Menschen seiner Aufgabe gemäß lehrt – war über ihn gekommen und machte ihn unschlüssig.

Er wollte bisweilen das Nest in den Fluß schleudern, denn er meinte, diejenigen, die ohne Kummer und Sünde sterben, seien glücklich.

Sollte er die Kleinen nicht vor Raubtieren und Kälte, Hunger und den mannigfaltigen Heimsuchungen des Lebens bewahren?

Doch als er so dachte, kam der Sperber auf das Nest herabgesaust, um die Jungen zu rauben.

Da ergriff Hatto den Frechen mit der Linken, schwang ihn im Kreise über seinem Kopf und schleuderte ihn mit der ganzen Kraft des Zornes weit in den Fluß hinaus.

Der Tag kam, da die Kleinen flugfertig waren. Die eine Bachstelze mühte sich drinnen im Neste ab, die Jungen bis an den Rand zu drängen, während die andere ihnen zeigte, wie leicht das Fliegen ist, wenn man es nur zu versuchen wagt. Und da die Jungen trotzdem bei ihrer Furcht beharrten, flogen die beiden Alten umher und zeigten ihnen ihre allerschönsten Flugkünste. Mit den Flügeln zuckend flogen sie in verschiedenartigen Bogen, stiegen gerade empor wie die Lerche und hielten sich mit heftig bebenden Schwingen in der Luft stille.

Doch da die Jungen noch immer eigensinnig sind, kann Hatto, der Eremit, es nicht lassen, auch ein Wörtchen mitzusprechen. Er gibt ihnen mit dem Finger einen vorsichtigen Puff, und damit ist die Sache entschieden. Hinaus fahren sie, die Luft peitschend und unsicher flatternd wie Fledermäuse, sinken, erheben sich wieder, begreifen, worin die Kunst liegt, und benutzen sie, das Nest so bald wie möglich wieder zu erreichen. Die Eltern kommen stolz und jubelnd zurück, und der alte Hatto lächelt.

Er hat ja in der Sache den Ausschlag gegeben.

Er grübelt nun ernstlich darüber nach, ob es bei Gott nicht einen Ausweg geben könnte.

Vielleicht, wenn man es genau bedachte, hielt Gott der Vater die Erde wie ein Vogelnest in seiner Rechten, und vielleicht liebte er auch alles, was darauf lebt und webt, alle die hilflosen Erdenkinder. Vielleicht taten sie, die er auszurotten gelobt, ihm leid, wie die jungen Vögel dem Heidemanne.

Allerdings waren die Vögel des Eremiten viel besser als die Menschen Unseres Herrn, aber er konnte es doch begreifen, daß Gott ein Herz für sie hatte.

Am nächsten Tage stand das Vogelnest leer, und die Bitterkeit des Alleinseins überkam den Eremiten. Langsam ließ er den Arm sinken, und es war ihm, als hielte die ganze Natur den Atem an, um auf das Dröhnen der Posaune des Jüngsten Gerichts zu lauschen. Im selben Augenblicke aber kamen alle Bachstelzen wieder und setzten sich ihm auf den Kopf und die Schultern, denn sie waren gar nicht bange vor ihm. Da fuhr ein Lichtstrahl durch das umnebelte Hirn des alten Hatto. Er hatte ja täglich den Arm sinken lassen, um die Jungen zu betrachten.

Und während die sechs Kleinen ihn spielend umflatterten, nickte er einem, den er nicht sah, befriedigt zu.

»Du hast es nicht nötig«, sagte er, »du bist nicht dazu verpflichtet. Ich habe mein Wort nicht gehalten, du bist also auch nicht an deines gebunden.«

Und es schien ihm, als hörten die Berge auf zu beben und als legte sich der Fluß zu süßer Ruhe in seinem Bette nieder.

Warum der Papst so alt geworden ist

Es war in Rom zu Anfang der neunziger Jahre. Leo der Dreizehnte stand da gerade auf der Höhe seines Ansehens und Ruhms. Alle rechtgläubigen Katholiken jubelten über seine Erfolge und Siege, die in Wahrheit großartig waren.

Auch für jene, die die großen politischen Ereignisse nicht fassen konnten, war es offenbar, daß die Sache der Kirche wieder im Fortschreiten begriffen war. Jeder konnte sehen, daß überall neue Klöster errichtet wurden, und daß Pilgerscharen nach Italien zu strömen begannen, ganz wie in alten Zeiten. An vielen Orten sah man die alten verfallenen Kirchen restaurieren, zerstörte Mosaiken instand setzen, und die Schatzkammern der Kirchen füllten sich mit goldenen Reliquienschreinen und diamantenbesetzten Monstranzen.

Mitten in dieser Zeit des Erfolges wurde das römische Volk durch die Nachricht erschreckt, daß der Papst erkrankt sei. Er sollte sehr schlimm daran sein. Ein Gerücht behauptete sogar, er läge im Sterben.

Der Zustand war auch in hohem Grade ernst. Die Ärzte des Papstes gaben Bulletins aus, die kaum irgendwelche Hoffnung ließen. Es wurde hervorgehoben, daß das hohe Alter des Papstes – er war damals schon achtzig Jahre – es beinahe unmöglich erscheinen lasse, daß er die Krankheit überstehe.

Diese Krankheit des Papstes verursachte natürlich großes Aufsehen. In allen Kirchen Roms begann man für seine Genesung zu beten. Die Zeitungen waren voll Mitteilungen über den Krankheitsverlauf. Die Kardinäle begannen ihre Maßregeln zu treffen, um die neue Papstwahl vorzubereiten.

Überall beklagte man den bevorstehenden Hingang des glänzenden Fürsten. Man fürchtete, daß das Glück, das sich unter Leo dem Dreizehnten an die Sache der Kirche geheftet hatte, ihr unter seinem Nachfolger nicht treu bleiben würde. So mancher hatte gehofft, daß es diesem Papst gelingen würde, Rom und den Kirchenstaat wieder zu gewinnen. Andre hatten wohl geträumt, er würde eines der großen protestantischen Länder in den Schoß der alleinseligmachenden Kirche zurückführen.

Mit jedem Augenblick, der verstrich, nahm die Unruhe und die Betrübnis zu. Als die Nacht kam, dachten viele gar nicht daran, zu Bett zu gehen. Die Kirchen wurden bis lange nach Mitternacht offen gehalten, damit die Betrübten die Möglichkeit hatten, einzutreten und zu beten.

Unter diesen betenden Scharen gab es sicherlich mehr als eine arme Seele, die ausrief: »Herr Gott, nimm mein Leben an Stelle des seinen. Laß ihn leben, der so viel für deine Ehre wirken kann, und lösche anstatt dessen mein Lebensflämmchen, das niemand zum Frommen brennt.«

Aber wenn der Todesengel einen dieser Betenden beim Wort genommen hätte und plötzlich mit gezücktem Schwerte vor ihn hingetreten wäre, die Erfüllung seines Gelöbnisses zu fordern, da kann man wohl denken, wie er sich betragen hätte. Sicherlich hätte er ein so übereiltes Anerbieten allsogleich zurückgenommen und um die Gnade gefleht, alle Jahre, die ihm ursprünglich zugedacht wären, leben zu dürfen.

Um diese Zeit wohnte in einer der dunklen Baracken am Tiberufer eine alte Frau. Sie gehörte zu jenen, die so geschaffen sind, daß sie Gott täglich für das Leben danken. Am Vormittag pflegte sie auf dem Markt zu sitzen und Gemüse zu verkaufen, und dies war eine Beschäftigung, die ihr in hohem Grade zusagte. Sie fand, daß nichts fröhlicher sein könnte als ein Markt am Morgen. Alle Zungen waren im Gang, um Waren auszubieten, und die Käufer drängten sich vor den Ständen, wählten und feilschten, während so manches gute Scherzwort zwischen ihnen und den Verkaufenden hin und her flog. Zuweilen machte sie gute Geschäfte und verkaufte ihr ganzes Lager aus, aber auch wenn sie nicht so viel wie einen Rettich anbrachte, machte es ihr Freude, in der frischen Morgenluft unter Blumen und Grün zu stehen.

Am Abend hinwiederum hatte sie eine andre und noch größere Freude. Da kam ihr Sohn auf Besuch zu ihr nach Hause. Er war Geistlicher, aber er war an einer unscheinbaren Kirche in einem der Armenviertel angestellt. Die armen Geistlichen, die dort wirkten, hatten nicht viel zum Leben, und die Mutter fürchtete, daß ihr Sohn Hunger leide. Aber daraus erwuchs ihr auch ihre große Freude, denn es gab ihr Anlaß, ihn mit Leckerbissen vollzupfropfen, wenn er zu ihr auf Besuch kam. Er sträubte sich, er hatte Anlagen zu einem strengen, entsagenden Leben, aber die Mutter war so verzweifelt, wenn er nein sagte, daß er immer nachgeben mußte. Während er aß, ging sie in der Stube umher und schwätzte von allem, was sich am Morgen auf dem Markte zugetragen hatte. Es waren lauter sehr weltliche Dinge, und zuweilen fiel es ihr ein, daß ihr Sohn daran Anstoß nehmen könnte. Dann unterbrach sie sich mitten in einem Satze und fing an, von geistlichen und ernsten Dingen zu reden, aber da konnte der Kaplan nicht umhin, zu lachen. »Nein, nein, Mutter Concenza«, sagte er. »Rede nur weiter, wie dir der Schnabel gewachsen ist. Die Heiligen kennen dich schon. Sie wissen, was du im Kopfe hast.«

Dann lachte sie ebenfalls und sagte: »Du hast wirklich recht, es lohnt sich nicht, dem lieben Gott etwas vorzumachen.«

Aber als die Krankheit des Papstes begann, kam auch auf Signora Concenza ihr Teil an der allgemeinen Betrübnis. Von selbst wäre sie sicherlich nicht auf den Gedanken verfallen, sich über seinen Hingang Sorgen zu machen, aber als der Sohn zu ihr kam, war er nicht zu bewegen, einen Bissen zu kosten oder ihr ein Lächeln zu schenken, obgleich sie ganz vollgepfropft mit Einfällen und Geschichten war. Da erschrak sie natürlich und fragte, was es denn gäbe. »Der Heilige Vater ist erkrankt«, antwortete der Sohn.

Zuerst konnte sie kaum glauben, daß dies der einzige Grund seiner Verstimmung sei. Natürlich war es traurig, aber sie wußte ja, wenn ein Papst starb, kam sogleich ein andrer. Sie erinnerte ihren Sohn daran, daß sie auch den guten Pio Nono betrauert hätten. Und sieh da, dieser, der nach ihm kam, sei noch ein größerer Papst gewesen. Sicherlich würde es den Kardinälen gelingen, ihnen einen ebenso heiligen und weisen Herrscher zu wählen.

Da begann der Sohn mit ihr vom Papste zu sprechen. Er ließ es sich nicht einfallen, sie in seine Regententätigkeit einzuweihen, aber er erzählte ihr kleine Geschichtchen aus seinen Kindheits- und Jugendjahren. Auch aus seiner Prälatenzeit gab es Dinge zu berichten, die sie verstehen und würdigen konnte, wie er seinerzeit in Süditalien Räuber verfolgte, und wie er in den Jahren, als er Bischof in Perugia war, allen teuer wurde.

Ihre Augen standen voll Tränen, und sie rief: »Ach, daß er doch nicht so alt wäre, daß er doch noch viele Jahre leben könnte, da er ein so großer und heiliger Mann ist!«

»Ja, wenn er nur nicht so alt wäre«, sagte der Sohn und seufzte.

Aber Signora Concenza hatte sich schon die Tränen aus den Augen gewischt. »Du mußt dies wirklich mit Ruhe tragen«, sagte sie. »Bedenke doch, daß seine Lebenszeit ganz sicher abgelaufen ist. Es ist unmöglich, den Tod zu hindern, ihn zu ergreifen.«

Aber der Kaplan war ein Schwärmer. Er liebte die Kirche, und er hatte geträumt, daß der große Papst sie zu wichtigen, entscheidenden Siegen führen würde.

»Ich wollte gerne mein Leben hingeben, wenn ich ihm dadurch neues Leben erkaufen könnte«, sagte er.

»Was sagst du da!« rief die Mutter. »Liebst du ihn wirklich so sehr? Aber du darfst keinesfalls so gefährliche Wünsche aussprechen. Du mußt im Gegenteil darauf bedacht sein, recht lange zu leben. Wer weiß, was noch geschehen kann? Warum solltest du nicht auch einmal Papst werden können?«

Eine Nacht und ein Tag verstrich, ohne daß der Zustand des Papstes sich besserte. Als Signora Concenza am nächsten Tage den Sohn traf, sah er ganz verstört aus. Sie begriff, daß er den ganzen Tag bei Fasten und Gebet verbracht hatte, und sie begann ärgerlich zu werden.

»Ich glaube wirklich, du willst dich wegen dieses alten kranken Mannes umbringen«, sagte sie.

Den Sohn quälte es, sie nun wieder ohne Mitgefühl zu sehen, und er versuchte sie zu bewegen, ein wenig an seinem Schmerze teilzunehmen.

»Du solltest wirklich mehr als ein andrer wünschen, daß der Papst am Leben bleibe«, sagte er. »Wenn er zu regieren fortfährt, wird er, ehe ein Jahr vergeht, meinen Pfarrer zum Bischof ernennen, und in diesem Falle ist mein Glück gemacht. Er wird mir dann eine gute Anstellung an einer Domkirche geben. Du wirst mich dann nicht mehr in fadenscheiniger Soutane herumgehen sehen. Ich werde reichlich Geld haben und dir und allen deinen armen Nachbarn helfen können.«

»Aber wenn nun der Papst stirbt?« fragte Signora Concenza atemlos.

»Wenn der Papst stirbt, dann kann niemand etwas wissen. Wenn mein Pfarrer dann nicht gerade bei seinem Nachfolger in Gunst steht, müssen wir beide noch viele Jahre da bleiben, wo wir sind.«

Signora Concenza stellte sich vor den Sohn und betrachtete ihn bekümmert. Sie sah seine Stirn an, die voll Runzeln war, und sein Haar, das zu ergrauen begonnen hatte. Er sah müde und abgezehrt aus. Es war wirklich notwendig, daß er sobald als möglich diese Stelle an der Domkirche bekam.

Heute nacht werde ich in die Kirche gehen und für den Papst beten, dachte sie. Er darf nicht sterben.

Nach dem Abendbrot überwand sie tapfer ihre Müdigkeit und begab sich auf die Straße. Große Menschenscharen strömten da vorbei. Viele waren nur Neugierige, die ausgingen, um mit dabei zu sein, die erste Nachricht des Todesfalles aufzufangen, aber viele waren Betrübte, die von Kirche zu Kirche wanderten, um zu beten.

Kaum war jedoch Signora Concenza auf die Straße gekommen, als sie eine ihrer Töchter traf, die mit einem Lithographen verheiratet war.

»Ach Mutter, wie recht tust du daran, daß du ausgehst und für ihn betest«, sagte die Tochter. »Du kannst dir nicht vorstellen, was für ein Unglück es wäre, wenn er stürbe. Mein Fabiano war nahe daran, sich das Leben zu nehmen, als er erfuhr, daß der Papst erkrankt sei.«

Sie erzählte, daß ihr Mann, der Lithograph, gerade jetzt hunderttausend Papstbilder habe drucken lassen. Wenn nun der Papst stürbe, würde er nicht die Hälfte davon verkaufen, ja nicht einmal den vierten Teil. Er würde ruiniert sein. Ihr ganzes Vermögen stünde auf dem Spiel.

Sie eilte weiter, um Neuigkeiten zu hören, mit denen sie ihren armen Mann trösten konnte, der nicht auszugehen wagte, sondern daheim saß und über sein Unglück brütete. Aber ihre Mutter blieb auf der Straße stehen und murmelte in sich hinein: »Es geht nicht, daß er stirbt. Es geht wirklich nicht, daß er stirbt.«

Sie trat in die erste Kirche ein, die sie sah. Sie kniete nieder und betete für das Leben des Papstes.

Als sie sich wieder erhob, um fortzugehen, fiel ihr Blick auf ein kleines Votivbild, das gerade über ihrem Kopfe an der Wand hing. Es stellte den Tod vor, der ein furchtbares zweischneidiges Schwert ausstreckte, um ein junges Mädchen niederzumetzeln, während ihre alte Mutter sich ihm in den Weg stellte und vergebens den Streich an Stelle des Kindes aufzufangen suchte.

Sie stand lange nachdenklich vor dem Bilde. »Meister Tod ist ein gar genauer Rechenmeister«, sagte sie, »man hat nie gehört, daß er darauf eingegangen wäre, ein junges Leben für ein altes freizugeben. Vielleicht wäre er doch weniger unerbittlich, wenn man ihm vorschlüge, ein altes für ein junges herzugeben.«

Sie entsann sich der Worte des Sohnes, daß er an Stelle des Papstes sterben wollte, und ein Schauer durchfuhr sie. Man denke, wenn der Tod ihn beim Worte nahm.

»Nein, nein, Meister Tod«, flüsterte sie. »Du darfst ihm nicht glauben. Du begreifst wohl, daß er nicht meinte, was er sagte. Er will leben. Er will nicht von seiner alten Mutter fortgehen, die ihn liebt.«

Zum ersten Male durchzuckte sie nun der Gedanke, daß, wenn sich jemand für den Papst opfern sollte, es doch besser wäre, sie täte es, sie, die schon alt war und das Leben gelebt hatte.

Als sie die Kirche verließ, traf sie mit einigen Nonnen von sehr ehrwürdigem Aussehen zusammen, die im nördlichen Teile des Landes daheim waren. »Wir haben wirklich Hilfe sehr nötig«, sagten sie zu der alten Concenza. »Unser Kloster war so alt und baufällig, daß der böse Sturm im vorigen Winter es umwehte. Was ist das doch für ein Unglück, daß der Papst krank ist. Wir können ihm ja unsere Kümmernisse nicht vorbringen. Wenn er sterben sollte, müssen wir unverrichteter Dinge heimfahren. Sein Nachfolger wird ja lange Jahre hindurch an andere Dinge zu denken haben, als armen Nonnen beizustehen.«

Alle, die auf der Straße waren, waren von denselben Gedanken erfüllt. Es war sehr leicht, mit wem man wollte, ins Gespräch zu kommen. Ein jeder war froh, seinen Sorgen Worte leihen zu können. Und alle, denen Mutter Concenza sich näherte, ließen sie hören, daß der Tod des Papstes für sie ein furchtbares Unglück wäre.

Und die alte Frau wiederholte einmal ums andre für sich selbst: »Es ist wahr, mein Sohn hat recht. Es geht wirklich nicht an, daß der Papst stirbt.«

Eine Krankenpflegerin stand mitten in einer Schar von Menschen und sprach sehr laut. Sie war so erregt, daß die Tränen ihr über die Wangen liefen. Sie erzählte, daß sie vor fünf Jahren den Befehl erhalten hätte, fortzureisen und an einem Aussätzigenspital zu dienen, das auf einer fernen Insel, weit weg auf der andern Seite des Erdballs lag. Sie hätte natürlich gehorchen müssen, aber es wäre widerstrebend geschehen. Sie hätte furchtbare Angst vor dem Auftrage gehabt. Aber bevor sie fortfuhr, wäre sie vom Papste empfangen worden, er hätte ihr einen besonderen Segen erteilt, und hätte bestimmt versprochen, sie wieder vorzulassen, wenn sie zurückkäme. Und davon hätte sie die fünf Jahre, die sie fortgewesen sei, gelebt, nur von der Hoffnung, ihn noch einmal zu sehen. Das hätte ihr geholfen, all das Entsetzliche zu überstehen. Und jetzt, wo sie endlich heimkommen durfte, würde sie mit der Nachricht begrüßt, daß er auf dem Totenbette liege. Sie sollte ihn also nicht einmal erblicken.

Sie gebärdete sich ganz verzweifelt, und die alte Concenza war sehr gerührt. Es würde wirklich ein allzu großer Schmerz für alle Menschen sein, wenn der Papst stürbe, dachte sie, während sie weiter durch die Straße wanderte.

Als sie sah, daß viele Menschen ganz verweint aussahen, dachte sie mit großem Wohlgefühl, welches Glück es sein müßte, aller Freude zu sehen, wenn der Papst wieder hergestellt wäre. Und da sie, wie viele

Menschen von fröhlicher Gemütsart, eigentlich nicht mehr Angst vor dem Sterben als vor dem Leben hatte, sagte sie zu sich selbst:

»Wenn ich nur wüßte, wie es zugehen sollte, wollte ich gerne dem Heiligen Vater die Jahre schenken, die ich noch zu leben habe, da seine eigenen anscheinend abgelaufen sind.«

Sie sagte dies halb im Scherz, aber es lag auch Ernst hinter den Worten. Sie wünschte wirklich, so etwas vollbringen zu können. Eine alte Frau kann sich keinen schöneren Tod wünschen, dachte sie. Ich würde sowohl meinem Sohn wie meiner Tochter helfen und überdies eine große Menge Menschen glücklich machen.

Während gerade solche Gedanken sich in ihr regten, hob sie die gefütterte Decke, die vor dem Eingang einer kleinen dunklen Kirche hing. Es war eine von den uralten Kirchen, eine von jenen, die allmählich in die Erde zu sinken scheinen, weil der Stadtgrund um sie herum sich im Laufe der Jahre gehoben hat. Diese Kirche hatte in ihrem Inneren etwas von altertümlicher Unheimlichkeit bewahrt, die von den düsteren Zeiten herstammen mußte, in denen sie entstanden war. Man wurde unwillkürlich von einem Schauer geschüttelt, wenn man unter diese niedrigen Wölbungen trat, die auf unermeßlich dicken Säulen ruhten, und die barbarisch bemalten Heiligenbilder sah, die von Wänden und Altären herniederblickten.

Als Signora Concenza in diese alte Kirche trat, die ganz von Betenden erfüllt war, wurde sie von mystischem Schrecken und Ehrfurcht ergriffen. Sie fühlte, daß in diesem Raume eine Gottheit wohnte. Unter den schweren Wölbungen schwebte etwas unendlich Mächtiges und Geheimnisvolles, etwas, das ein so vernichtendes Gefühl der Übermacht einflößte, daß sie sich fürchtete, dort zu verweilen. »Ach, dieses ist keine Kirche, in die man geht, um eine Messe zu hören oder zu beichten«, sagte Signora Concenza zu sich selbst. »Hierher geht man, wenn man in großer Not ist, wenn einem nicht anders zu helfen wäre als durch ein Wunder.«

Sie blieb zögernd an der Tür stehen und atmete diese seltsame Luft voll Geheimnis und Grauen ein.

»Ich weiß nicht einmal, wem diese alte Kirche geweiht ist«, murmelte sie, »aber ich fühle, daß hier wirklich jemand ist, der unsere Gebete hört.«

Sie sank neben den Knieenden nieder, die so zahlreich waren, daß sie den Boden vom Altare bis hinauf zum Eingang bedeckten. Während sie selbst betete, hörte sie ihre Nachbarn seufzen und schluchzen. All dieser

Kummer drang ihr ins Herz und erfüllte es mit immer größerem Mitleid. »Ach, mein Gott, laß mich etwas tun, um den alten Mann zu retten«, betete sie. »Ich würde ja fürs erste meinen Kindern und dann allen andern Menschen helfen.«

Zuweilen huschte ein kleiner magerer Mönch zu den Betenden und flüsterte ihnen etwas ins Ohr. Und der, zu dem er gesprochen hatte, erhob sich sogleich und folgte ihm in die Sakristei.

Signora Concenza begriff sofort, um was es sich handelte. Das sind jene, welche Gelöbnisse für die Genesung des Papstes ablegen, dachte sie.

Als der kleine Mönch das nächstemal kam und seine Runde machte, erhob sie sich und folgte ihm.

Das war eine ganz unwillkürliche Handlung. Es deuchte sie, daß sie von der Macht, die in der alten Kirche herrschte, dazu getrieben wurde.

Als sie in die Sakristei kam, die noch altertümlicher und geheimnisvoller zu sein schien als die Kirche selbst, wurde sie sogleich von Reue erfaßt. »Mein Gott, was habe ich hier zu tun?« fragte sie sich. »Was habe ich hinzugeben? Ich besitze ja nichts andres als ein paar Fuhren Gemüse. Ich kann dem Heiligen doch nicht ein paar Körbe Artischocken schenken.«

Der einen Seite des Raumes entlang lief ein langer Tisch, und an diesem stand ein Geistlicher und trug alles, was den Heiligen versprochen wurde, in ein Register ein. Concenza hörte, wie einige versprachen, der alten Kirche eine Geldsumme zu schenken, während ein andrer seine Golduhr und eine dritte ihre Perlohrgehänge hingeben wollte.

Concenza stand noch immer still an der Tür. Ihre letzten armen Groschen hatte sie ausgegeben, um dem Sohne ein paar Leckerbissen zu beschaffen. Sie hörte, wie einige, die nicht reicher zu sein schienen als sie, Wachskerzen und Silberherzen kauften. Sie stand da und drehte ihre Rocktasche aus und ein. Sie konnte nicht einmal so viel aufbringen.

So stand sie lange da und wartete, bis sie schließlich die einzige Fremde in der Sakristei war. Die Geistlichen, die dort umhergingen, sahen sie ein wenig erstaunt an. Da machte sie ein paar Schritte vorwärts, sie schien zuerst unsicher und befangen, aber nach den ersten Schritten wanderte sie leicht und rasch zu dem Tische hin.

»Hochwürden«, sagte sie zu dem Geistlichen. »Schreiben Sie, daß Concenza Zamponi, die voriges Jahr am Tage Johannes des Täufers sechzig Jahre alt wurde, alle ihre übrigen Jahre dem Papste gibt, auf daß sein Lebensfaden verlängert werde.«

Der Geistliche hatte schon zu schreiben begonnen. Er war sicherlich sehr müde davon, daß er die ganze Nacht dies Register geführt hatte, und dachte nicht weiter daran, was es für Dinge waren, die er aufzeichnete. Aber nun brach er mitten im Satze ab und sah fragend zu Signora Concenza auf. Sie begegnete seinem Blicke sehr ruhig.

»Ich bin stark und gesund, Hochwürden«, sagte sie. »Ich könnte schon meine siebzig erleben. Es sind mindestens zehn Jahre, die ich dem Heiligen Vater schenke.«

Der Geistliche sah ihren Eifer und ihre Andacht, und er erhob keine Einwendungen. »Es ist eine Arme«, dachte er. »Sie hat nichts andres zu geben.«

»Es ist geschrieben, meine Tochter«, sagte er.

Als die alte Concenza wieder ins Freie kam, war es so spät, daß alles Straßenleben aufgehört hatte und die Gasse ganz öde dalag. Sie befand sich in einem entlegenen Stadtteil, wo die Gaslaternen so spärlich standen, daß es fast ganz dunkel war. Sie schritt doch rüstig aus. Sie fühlte eine große Weihe in sich und war gewiß, daß sie nun etwas getan hatte, was viele Menschen glücklich machen würde.

Wie sie so über die Straße ging, hatte sie mit einem Male die Empfindung, daß ein lebendes Wesen über ihrem Kopfe schwebte.

Sie blieb stehen und sah auf. Im Dunkel zwischen den großen Häusern vermeinte sie ein paar große Flügel zu unterscheiden, und sie glaubte auch das Rauschen der Fittiche zu hören.

»Was ist das?« sagte sie. »Es kann doch kein Vogel sein, es ist gar zu groß.«

Gleich darauf glaubte sie ein Antlitz zu gewahren, das so weiß war, daß es die Dunkelheit durchleuchtete. Da packte sie unsägliches Grauen. »Das ist der Todesengel, der über mir schwebt«, dachte sie. »Ach, was habe ich getan! Ich habe mich in die Gewalt des Entsetzlichen gegeben.«

Sie begann zu laufen, aber noch immer hörte sie das Rauschen der mächtigen Flügel, und sie war gewiß, daß der Tod ihr nacheilte.

So ging es durch ein paar Straßen. Es deuchte sie, daß der Tod ihr immer näher käme. Schon fühlte sie seine Flügel an ihre Schultern schlagen.

Plötzlich spürte sie, wie etwas Schweres und Scharfes ihren Kopf traf. Das zweischneidige Schwert des Todes hatte sie endlich erreicht. Sie sank in die Knie. Sie fühlte, daß sie ihr Leben lassen mußte.

Einige Stunden später wurde die alte Concenza von ein paar Arbeitern auf der Straße gefunden. Sie lag ohnmächtig da, von einem Schlaganfall getroffen. Die arme Frau wurde sogleich in ein Krankenhaus gebracht, und es gelang, sie zum Bewußtsein zu bringen, aber es war offenbar, daß sie nicht mehr lange Zeit zu leben hatte.

Man konnte noch ihre Kinder holen lassen. Als sie voll Betrübnis an ihr Krankenlager traten, fanden sie sie sehr ruhig und glücklich. Sie konnte nicht viele Worte sprechen, aber sie lag da und streichelte ihnen die Hände.

»Ihr sollt froh sein«, sagte sie, »froh, froh.«

Es war ihr sichtlich nicht recht, daß sie weinten. Sie bat auch die Krankenpflegerinnen, sie möchten doch lächeln und Freude zeigen.

»Froh und glücklich«, sagte sie, »nun müßt ihr alle froh und glücklich sein.«

Sie lag mit hungernden Augen da und wartete darauf, ein bißchen Freude zu sehen.

Nach einer Weile wurde sie ungeduldig über die Tränen ihrer Kinder und über die ernsten Mienen der Krankenpflegerinnen. Sie begann Dinge zu sagen, die niemand verstehen konnte. Sie sagte, wenn sie nicht froh wären, dann hätte sie ebensogut noch weiterleben können. Die, welche sie hörten, glaubten, sie phantasiere.

Plötzlich öffnete sich die Tür, und ein junger Doktor trat in den Krankensaal. Er schwenkte eine Zeitung in der Hand und rief mit lauter Stimme: »Dem Papst geht es besser. Er wird am Leben bleiben. Heute nacht ist eine Wendung eingetreten.«

Die Krankenpflegerinnen bedeuteten ihm, zu schweigen, damit er die Sterbende nicht störe, allein diese hatte ihn schon gehört.

Sie hatte auch gesehen, wie ein Aufzucken der Freude, ein Schimmer von Glück, der sich nicht verbergen ließ, die durchfuhr, die um ihr Bett standen.

Da verschwand die Ungeduld von ihrem Antlitz. Sie lächelte zufrieden. Sie gab ein Zeichen, daß man sie im Bette aufsetzen möge; da saß sie nun und sah sich mit etwas Fernschauendem im Blick um. Es war, als blickte sie hinaus über Rom, wo nun die Menschen über die Straßen strömten und einander mit der frohen Kunde grüßten.

Sie hob den Kopf, so hoch sie konnte. »Das war ich«, sagte sie. »Ich bin sehr glücklich. Gott hat mich sterben lassen, damit er leben könne. Es liegt mir nichts daran, zu sterben, da ich alle Menschen glücklich gemacht habe.«

Sie legte sich wieder zurück, und in einigen Augenblicken war sie tot.

* * *

In Rom erzählte man, daß der Heilige Vater sich nach seiner Genesung eines Tages daran ergötzte, die Aufzeichnungen der Kirchen über die frommen Gelöbnisse durchzusehen, die für seine Genesung gemacht worden waren.

Er las lächelnd die langen Reihen kleiner Gaben, bis er zu der Aufzeichnung kam, daß Concenza Zamponi ihm ihre übrigen Lebensjahre geschenkt hatte. Da wurde er mit einem Male sehr ernst und gedankenvoll.

Er ließ sich nach Concenza Zamponi erkundigen, und er erfuhr, daß sie in derselben Nacht, in der er genesen war, gestorben war. Er ließ auch ihren Sohn Domenico zu sich rufen und fragte ihn nach ihren letzten Augenblicken.

»Mein Sohn«, sagte der Papst zu ihm, als er alles erfahren hatte, »deine Mutter hat mir nicht das Leben gerettet, wie sie in ihrer letzten Stunde glaubte, aber ich bin sehr gerührt über ihre Liebe und Opferwilligkeit.«

Er ließ Domenico seine Hand küssen, worauf er ihn verabschiedete.

Aber die Römer versichern, wenn auch der Papst nicht zugestehen wolle, daß seine Lebenstage durch die Gabe der armen Frau verlängert worden seien, so sei er doch davon überzeugt. »Warum hätte wohl sonst Vater Zamponi so rasch Karriere gemacht?« fragten die Römer. »Er sei ja schon Bischof, und man flüsterte, daß er bald Kardinal werden würde.«

Und in Rom konnte man auch später nur schwer glauben, daß der Papst sterben würde, selbst als er sehr krank war. Niemand konnte berechnen, wann sein Lebenslauf sich erfüllt hatte. Es hing ja alles davon ab, wie viele Jahre die arme Concenza ihm geschenkt hatte.

Eine Geschichte aus Jerusalem

In der alten, ehrwürdigen Moschee El Aksa in Jerusalem befindet sich in einem Seitengang, der hinter der eigentlichen Tempelhalle weiterführt, eine sehr tiefe und breite Fensternische. In dieser Nische liegt ein alter, zerfetzter Teppich ausgebreitet, und auf dem Teppich sitzt tagaus, tagein der alte Mesullam, der Wahrsager und Traumdeuter ist und gegen ein geringes Entgelt den Besuchern der Moschee ihr zukünftiges Schicksal prophezeit.

Nun begab es sich an einem Nachmittage vor einigen Jahren, daß Mesullam, der wie gewöhnlich an seinem Fenster saß, bei so schlechter Laune war, daß er nicht einmal die Grüße der Vorübergehenden erwiderte. Niemand ließ es sich jedoch einfallen, ihm seine Unhöflichkeit übelzunehmen, denn man wußte, daß er sich über eine Demütigung grämte, die ihm an diesem Tage widerfahren war.

Jerusalem wurde nämlich um diese Zeit von einem mächtigen Fürsten aus dem Abendlande besucht, und am Vormittage hatte der hohe Fremdling mit seinem Gefolge El Aksa durchwandert. Vor seiner Ankunft hatte jedoch der Vorsteher der Moschee in allen Winkeln und Ecken des alten Gebäudes fegen und abstauben lassen und zugleich befohlen, daß Mesullam sich von seinem Platze fortpacken solle. Er hatte es ganz unmöglich gefunden, ihn während des hohen Besuches da sitzen zu lassen. Nicht genug, daß sein Teppich sehr zerlumpt war, und daß rings um ihn eine Menge schmutziger Säcke aufgestapelt waren, in denen er sein Hab und Gut verwahrte: Mesullam selbst war auch nichts weniger als eine Zierde für die Moschee. Er war ein unglaublich häßlicher alter Neger. Seine Lippen waren ungeheuer wulstig, der Unterkiefer weit vorspringend, die Stirne sehr niedrig, und die Nase glich beinahe einem Rüssel. Wenn man dazu nimmt, daß Mesullam eine grobe, verrunzelte Haut und einen dicken, klumpigen Körper besaß, der notdürftig mit einem schmutzigen, weißen Schal umwickelt war, so kann man sich kaum wundern, daß ihm verboten wurde, sich in der Moschee zu zeigen, so lange der gefeierte Gast sich dort befand.

Der alte Mesullam war sich wohl bewußt, daß er bei seiner Häßlichkeit ein überaus weiser Mann war. Deshalb fühlte er sich bitter enttäuscht, daß er den hohen Reisenden nicht zu Gesicht bekommen sollte. Er hatte gehofft, ihm Proben des großen Wissens zu geben, das er in verborgenen

Dingen besaß, und so seinen Ruhm und sein Ansehen zu mehren. Seit diese Hoffnung fehlgeschlagen war, saß er Stunde um Stunde trauernd, in seltsamer Stellung da, die langen Arme emporgestreckt, als riefe er den Himmel um Gerechtigkeit an, und den Kopf weit zurückgebogen.

Als der Abend herankam, wurde Mesullam aus diesem Zustande betäubenden Schmerzes dadurch geweckt, daß eine fröhliche Stimme ihn anrief. Es war ein syrischer Dragoman, der, von einem einsamen Reisenden begleitet, an den Wahrsager herantrat. Er sagte ihm, daß der Fremdling, den er begleitete, gewünscht hätte, eine Probe morgenländischer Weisheit zu sehen, und da habe er ihm Mesullams Gabe, Träume zu deuten, gerühmt.

Mesullam antwortete keine Silbe, sondern verharrte unbeweglich in seiner früheren Stellung. Erst als der Dragoman ihn noch einmal fragte, ob er die Träume, die der Fremde ihm zu erzählen wünsche, hören und deuten wolle, ließ er die Arme sinken, kreuzte sie über der Brust, und indem er die demütige Haltung eines Mannes, dem Unrecht geschehen, annahm, antwortete er, seine Seele sei an diesem Abend so von seinen eigenen Kümmernissen erfüllt, daß er über das, was einen anderen berühre, nicht klar zu urteilen vermöge.

Aber der Fremdling, der ein sehr lebhaftes und gebieterisches Wesen hatte, schien sich nicht um seinen Widerspruch zu kümmern. Da kein Stuhl zur Hand war, stieß er ganz einfach Mesullams Teppich beiseite und setzte sich in die Fensternische. Darauf begann er mit klarer, deutlicher Stimme seine Träume zu erzählen, die dann der Dragoman dem alten Wahrsager übersetzte.

»Sage ihm«, sagte der Reisende, »daß ich vor einigen Jahren in Kairo in Ägypten weilte. Da er, wie du sagst, ein gelehrter Mann ist, weiß er natürlich, daß es dort eine Moschee namens El Azhar gibt, die die berühmteste Stätte der Gelehrsamkeit des Morgenlandes ist. Ich ging eines Tages hin, sie zu besichtigen, und fand das ganze ungeheure Gebäude, alle seine Gemächer und Arkaden, alle seine Gänge und Tempelsäle von Studierenden erfüllt. Da waren alte Männer, die ihr ganzes Leben der Erforschung der Weisheit geweiht hatten, und Kinder, die gerade im Begriffe waren, die ersten Buchstaben schreiben zu lernen. Da waren hochgewachsene Neger aus dem Herzen Afrikas, schöne, schlanke Jünglinge aus Indien und Arabien, weitgereiste Fremdlinge aus der Berberei, aus Turan, aus allen Ländern, deren Völker den Koran verehren. An den Säulen – man sagte mir, daß es in El Azhar ebensoviel Lehrer wie Säulen gebe – saßen die Unterrichtenden auf ihren Schaffellteppichen zusammengekauert, und ihre Schüler, die sich in einem Kreise rings um sie niedergelassen, folgten eifrig ihrem Vortrag, während sie sich hin und her wiegten. Und sage ihm, daß, obgleich El Azhar in keiner Weise den Vorstellungen entsprach, die wir uns im Abendlande von einem großen Zentrum der Gelehrsamkeit machen, ich doch über das, was ich sah, erstaunte. Und ich sagte zu mir selbst: Sieh, das ist die große Burg und Wehr des Islam. Von hier ziehen Mohammeds junge Kämpen aus. Hier in El Azhar werden die Weisheitstränke gebraut, die die Lehren des Koran frisch und lebenskräftig erhalten.«

Das alles sagte der Reisende beinahe in einem einzigen Atemzug. Nun machte er eine Pause, damit der Dragoman es dem Wahrsager übersetzen könnte. Dann fuhr er fort:

»Sage ihm nun weiter, daß El Azhar einen so mächtigen Eindruck auf mich machte, daß ich es in der nächsten Nacht im Traume wiedersah. Ich sah den weißen Marmorbau mit den vielen Studenten, alle in schwarze Mäntel und weiße Turbane gekleidet, wie es in El Azhar der Brauch ist. Ich durchwanderte Säle und Höfe und erstaunte aufs neue, welche Burg und Feste dies für den Islam war. Endlich kam ich im Traume an den Fuß eines Minaretts, das der Gebetrufer zu ersteigen pflegte, um den Gläubigen zu verkünden, daß die Stunde des Gebets geschlagen habe. Ich sah die Treppe, die sich zum Minarett emporschlängelte, und ich sah, wie ein Mollah sie eben hinanstieg. Er trug einen schwarzen Mantel und einen weißen Turban, wie alle andern, und wie er so die Treppe hinaufging, konnte ich zuerst sein Antlitz nicht sehen. Aber als er eine Windung der Wendeltreppe erstiegen hatte, kehrte er mir sein Antlitz zu, und da sah ich, daß es Christus war.«

Der Sprechende machte eine kurze Pause, und seine Brust hob sich in einem tiefen Atemzuge. »Niemals kann ich vergessen, obgleich es nur ein Traum war«, rief er, »welchen Eindruck es auf mich machte, Christus die Treppe des Minaretts in El Azhar hinangehen zu sehen. Es ergriff mich so heftig, daß er in diese Festung des Islam gekommen war, um die Gebetstunden auszurufen, daß ich aus dem Traume auffuhr und erwachte.«

Hier machte der Reisende wieder eine Pause, um den Dragoman sprechen zu lassen. Mesullam saß die ganze Zeit ohne Teilnahme da und wiegte sich mit halbgeschlossenen Augen hin und her. Er schien dadurch ausdrücken zu wollen: »Da ich diesen hartnäckigen Menschen nicht entkommen kann, will ich ihnen wenigstens zeigen, daß es mir nicht einfällt, das, was sie sagen, anzuhören. Ich werde versuchen, mich in Schlaf zu wiegen. Das ist die beste Art, ihnen zu zeigen, wie wenig ich nach ihnen frage.«

Der Dragoman deutete auch dem Reisenden an, daß alle ihre Mühe vergeblich sei, und daß sie kein kluges Wort von Mesullam zu hören bekommen würden, solange er in dieser Laune wäre. Aber der europäische Fremdling schien sich in Mesullams unglaubliche Häßlichkeit und seine seltsamen Gebärden verliebt zu haben. Er sah ihn mit demselben Vergnügen an, mit dem ein Kind ein wildes Tier in einer Menagerie betrachtet, und er hatte nicht die geringste Lust, die Unterredung abzubrechen.

»Sage ihm, daß ich ihn nicht damit belästigt haben würde, diesen Traum zu deuten«, sprach er, »wenn er sich nicht in gewisser Weise noch einmal wiederholt hätte. Lasse ihn wissen, daß ich vor ein paar Wochen die Sophiamoschee in Konstantinopel besuchte. Nachdem ich das ganze herrliche Gebäude durchwandert hatte, trat ich auf eine Empore, um einen besseren Überblick über den schönen Kuppelsaal zu gewinnen. Sage ihm weiter, daß man mich während des Gottesdienstes in die Moschee gelassen hatte, so daß sie voll Menschen war. Auf jedem der unzähligen Gebetteppiche, die den Boden der Mittelhalle bedecken, stand ein Mann und verrichtete sein Gebet. Alle, die an dem Gottesdienst teilnahmen, machten gleichzeitig dieselben Bewegungen. Alle sanken zugleich auf die Knie, warfen sich vornüber und richteten sich wieder gleichzeitig empor. Alle flüsterten ihre Gebete ganz leise, aber aus den fast unmerklichen Bewegungen so vieler Lippen entstand ein geheimnisvolles Rauschen, das zu der hohen Wölbung emporstieg und für eine Weile erstarb. Dann kam es, von fernen Gängen und Galerien schwebend, in melodischem Flüstern zurück. Es war so seltsam, daß einem der Gedanke kam, ob es nicht Gottes Geist sei, der durch das alte Heiligtum brauste.«

Der Reisende machte wieder eine Pause. Er achtete genau auf Mesullam, während der Dragoman seine Rede übersetzte. Er sah wirklich aus, als bemühte er sich, durch seine Beredsamkeit die Aufmerksamkeit des Wahrsagers zu erzwingen. Es hatte auch den Anschein, als sollte ihm dies gelingen, denn Mesullams halbgeschlossene Augen funkelten einmal auf, so wie Kohle, die anfängt, Feuer zu fangen. Aber halsstarrig wie ein Kind, das sich nicht ablenken lassen will, ließ der Wahrsager rasch den

Kopf bis auf die Brust sinken und begann sich noch ungeduldiger hin und her zu wiegen.

»Sage ihm«, begann der Fremde aufs neue, »sage ihm, daß ich nie Menschen mit solcher Andacht beten gesehen habe. Es deuchte mich, daß es die heilige Schönheit des wunderbaren Baues war, die diese Stimmung der Ekstase hervorrief. Wahrlich, dachte ich bei mir selbst, dies ist noch ein Bollwerk des Islam. Hier ist das Heim der Andacht. Von dieser mächtigen Moschee geht der Glaube und die Begeisterung aus, durch die der Islam eine Großmacht ist.«

Hier hielt er wieder inne und verfolgte während der Übersetzung genau das Mienenspiel in Mesullams Antlitz. Das zeigte keine Spur von Interesse, aber der Fremdling war offenbar ein Mann, der sich gern sprechen hörte. Seine eigenen Worte berauschten ihn, er wäre verzweifelt gewesen, wenn er nicht hätte fortfahren dürfen.

»Nun«, sagte er, als die Reihe zu sprechen wieder an ihm war. »Ich kann nicht recht erklären, wie mir geschah. Es ist möglich, daß der leichte Rauch von den vielen hundert Öllampen im Verein mit dem dumpfen Geflüster der Betenden und ihren einförmigen Bewegungen mich in eine Art Betäubung wiegte. Ich konnte es nicht lassen, die Augen zu schließen, wie ich da, an eine Säule gelehnt, stand. Bald kam ein Schlummer, oder richtiger eine Betäubung über mich, sie währte wahrscheinlich nicht länger als eine Minute, aber während dieses Zeitraums war ich völlig der Wirklichkeit entrückt. In dieser Betäubung sah ich noch immer die Sophiamoschee vor mir und alle die betenden Menschen, aber jetzt merkte ich, was ich früher nicht gesehen hatte, daß sich oben unter der Kuppel ein Gerüst befand, und darauf standen einige Arbeiter, die mit Pinseln und Farbendosen versehen waren.

Sage ihm nun«, fuhr der Erzähler fort, »wenn er es nicht schon weiß, daß die Sophiamoschee ehemals eine christliche Kirche war, und daß ihre Gewölbe und ihre Kuppel von dieser Zeit her mit heiligen, christlichen Mosaikbildern bedeckt sind, aber daß die Türken alle diese Bilder mit glatter gelber Farbe übermalt haben. Und nun im Traume schien es mir, daß die gelbe Farbe an einigen Stellen abgefallen sei, und daß die Arbeiter auf die Gerüste geklettert wären, die Übermalung zu ergänzen. Aber siehe da, als einer der Arbeiter seinen Pinsel hob, die Farbe aufzufüllen, bröckelte ein größeres Stück ab, und sogleich sah ich dahinter ein schönes Christusbild hervortreten. Der Arbeiter streckte abermals den Arm empor, es zu übermalen, aber der Arm schien gelähmt und kraftlos vor dem herrlichen Bilde herabzusinken. Zugleich fiel die Farbe von der ganzen Kuppel ab, und das Christusbild zeigte sich in seiner ganzen Herrlichkeit inmitten von Engeln und himmlischen Heerscharen. Da stieß der Arbeiter einen Schrei aus, und alle die Betenden in der Tiefe der Moschee hoben das Haupt. Und als sie den Erlöser sahen, von himmlischen Heerscharen umgeben, entrang sich ihnen ein Ruf der Verzückung, und sie streckten alle ihre Hände empor. Aber als ich diese Begeisterung sah, wurde auch ich von einer so mächtigen Bewegung ergriffen, daß ich augenblicklich erwachte. Da war alles wie zuvor. Die Mosaikbilder der Decke waren unter der gelben Farbe verborgen, und die Betenden fuhren fort, Allah anzurufen.«

Als der Dragoman dies übersetzt hatte, öffnete Mesullam ein Auge und betrachtete den Fremdling. Er sah einen Mann, der ihm allen andern Abendländern zu gleichen schien, die durch seine Moschee wanderten. »Ich glaube nicht, daß dieser bleiche Mann Gesichte gesehen hat«, dachte er. »Er hat nicht die dunkeln Augen, die hinter den Vorhang des Verborgenen blicken können. Eher glaube ich, daß er hergekommen ist, seinen Scherz mit mir zu treiben. Ich muß auf meiner Hut sein, damit mich an diesem verfluchten Tage keine neue Demütigung trifft.«

Der Fremde sprach weiter. »Du weißt, o Traumdeuter«, sagte er und wendete sich jetzt unmittelbar an Mesullam, als hätte er das Gefühl, daß dieser ihn trotz seiner fremden Sprache verstehen könne, »du weißt, daß ein gefeierter Fremdling in diesen Tagen Jerusalem besucht. Die Machthaber hier suchen alles, was in ihren Kräften steht, zu tun, ihm zu gefallen. Es war sogar die Rede davon, um seinetwillen die zugemauerte Pforte in Jerusalems Ringmauer zu öffnen, die man die Goldene Pforte nennt, und die das Tor sein soll, durch das Jesus am Palmsonntag in Jerusalem einzog. Man erwog wirklich, dem hohen Reisenden die große Ehre zu erweisen, ihn durch dieses Tor, das seit Jahrhunderten geschlossen war, in die Stadt reiten zu lassen, aber man wurde durch eine alte Weissagung zurückgehalten, die verkündet, daß, wenn dieses Tor geöffnet wird, die Abendländer durch dasselbe einziehen werden, um sich in den Besitz von Jerusalem zu setzen.

Aber nun sollst du hören, was mir gestern nacht geschah. Es war herrlicher Mondschein, das Wetter prächtig, und ich war allein ausgegangen, um eine ungestörte Wanderung rings um die heilige Stadt zu unternehmen. Ich ging außerhalb der Ringmauer auf dem schmalen Pfade, der rings um die Stadt läuft, und meine Gedanken schweiften auf der

Wanderung in so ferne Zeiten zurück, daß ich mich kaum mehr entsann, wo ich mich befand. Auf einmal begann ich jedoch Müdigkeit zu fühlen, und ich hätte gern gewußt, ob ich nicht bald zu einem Tor in der Mauer kommen würde, durch das ich in die Stadt zurückkehren könnte. Nun, wie ich gerade so dachte, sehe ich einen Mann ein großes Tor in der Ringmauer dicht neben mir öffnen. Er öffnete es weit und bedeutete mir, ich möge hindurchgehen. Ich ging, wie gesagt, in meinen Träumen und wußte nicht recht, wie weit ich gewandert war. Ich staunte doch ein wenig, daß sich gerade hier ein Tor befand, aber ich dachte nicht weiter daran, sondern ging hindurch. Sobald ich durch die tiefe Wölbung gekommen war, schlugen die Torflügel krachend hinter mir zu. Da wendete ich mich um, hinter mir zeigte sich keine Öffnung, sondern nur eine vermauerte Pforte, eben die, die hier in Jerusalem die Goldene genannt wird. Vor mir lag der Tempelplatz, das weite Haramplateau, in dessen Mitte die Omarmoschee thront. Und du weißt, daß keine andere Pforte von der Ringmauer hinführt als die Goldene, die nicht nur versperrt, sondern zugemauert ist. Du kannst dir denken, daß ich glaubte, ich sei wahnsinnig geworden oder ich träume, und daß ich versuchte, eine Erklärung zu finden. Ich sah mich nach dem Manne um, der mich eingelassen hatte. Er war verschwunden, ich konnte ihn nicht finden. Dafür sah ich ihn um so deutlicher in meiner Erinnerung vor mir, die hohe, ein wenig gebeugte Gestalt, die langen Locken, den geteilten Bart. Es war Christus, o Wahrsager, wiederum Christus.

Und sag' mir nun, du, der in das Verborgene blicken kann, was bedeuten meine Träume und Gesichte, was bedeutet vor allem dies, daß ich wirklich und wahrhaftig durch die Goldene Pforte gegangen bin? Noch in dieser Stunde weiß ich nicht, wie es zuging, aber ich habe es getan. Sage mir nun, was diese drei Dinge zu bedeuten haben?«

Der Dragoman übersetzte dies Mesullam, aber der Wahrsager saß noch immer in derselben mißtrauischen, mürrischen Laune da. »Es ist gewiß, daß dieser Fremdling seinen Spott mit mir treiben will«, dachte er, »vielleicht will er mich mit allen diesen Reden von Christus zum Zorne reizen.«

Er hätte am liebsten gar nicht geantwortet, aber da der Dragoman beharrlich blieb, äußerte er ein paar Worte.

Der Dragoman zögerte, sie zu übersetzen.

»Was sagt er?« fragte der Reisende eifrig.

»Er sagt, daß er euch nichts andres zu erwidern habe, als: Träume sind Schäume.«

»Sage ihm dann von mir«, erwiderte der Fremdling ein wenig erzürnt, »daß dies nicht immer wahr ist. Es hängt ganz davon ab, *wer* sie träumt.«

Bevor noch diese Worte Mesullam übersetzt waren, hatte der Europäer sich erhoben und entfernte sich mit leichtem, federndem Schritt durch den langen Gang.

Aber Mesullam saß still da und grübelte fünf Minuten lang über die Antwort des Fremden, dann fiel er vernichtet auf sein Angesicht. »Allah, Allah, zweimal an demselben Tage ist das Glück an mir vorübergegangen! Was hat dein Diener verbrochen, daß er dir mißfällt?«

Der Fischerring

Um die Regierungszeit des Dogen Gradenigo lebte in Venedig ein alter Fischer Namens Cecco. Er war sehr stark gewesen, und noch jetzt war er rüstig für sein Alter, aber in letzter Zeit hatte er doch aufgehört zu arbeiten und ließ sich von seinen zwei Söhnen versorgen. Er war sehr stolz auf diese Söhne, und er liebte sie, o Signore, wie liebte er sie!

Aber es war nun auch so, daß er sie fast allein auferzogen hatte. Ihre Mutter war zeitlich gestorben, und so hatte Cecco für alles Sorge tragen müssen. Er hatte ihnen Kleider und Essen geschafft, er war mit Nadel und Faden im Boot gesessen, hatte genäht und geflickt und gar nicht darnach gefragt, ob man ihn darum verlachte. Er allein hatte sie auch alles gelehrt, was ihnen zu wissen not tat. Ein paar tüchtige Fischer hatte er aus ihnen gemacht und sie daran gewöhnt, Gott und San Marco zu ehren.

»Vergeßt nicht«, sagte er ihnen, »daß Venedig sich nie aus eigener Kraft aufrecht erhalten könnte. Seht es an! Ist es nicht auf den Wellen erbaut? Seht auf die niedrigen Inseln an der Landseite, wo das Wasser sich zwischen dem Seegras auf und nieder schaukelt. Ihr wolltet den Fuß nicht hinsetzen, und doch ruht auf solchem schwanken Grunde die ganze Stadt. Und wißt ihr nicht, daß der Nordsturm die Macht hat, Kirchen und Paläste ins Meer zu stürzen? Und wißt ihr nicht, daß wir Feinde haben von so großer Gewalt, daß alle Fürsten der Christenheit sie nicht zu besiegen vermöchten? Darum sollet ihr allezeit zu San Marco beten, denn er ist es, der mit starker Hand die Ketten umspannt, die Venedig über den Meerestiefen schwebend erhalten.«

Und abends, wenn das Mondlicht, das über Venedig fiel, grünlichblau war vom Meeresnebel, wenn sie sachte den Kanal Grande hinaufglitten, und die Gondeln, die sie trafen, voll Sänger waren, wenn die Paläste erblichen und tausend Lichtstreifen über dem dunklen Wasser lagen, da erinnerte er sie stets daran, daß sie San Marco für Leben und Glück zu preisen hatten.

Aber, o Signore, er vergaß seiner auch nicht am Tage. Wenn sie von einem Fischfang heimkamen und über das Lagunenwasser zogen, das lichtblau und goldglänzend dalag, wenn die Stadt sich vor ihnen auf den Wellen schwebend erhob, wenn die großen Schiffe den Hafen aus- und einglitten und der Dogenpalast ihnen entgegenleuchtete wie ein großer, verschlossener Schmuckschrein, in dem alle Schätze der Welt verwahrt lagen, da vergaß er nie, ihnen einzuprägen, daß all dies San Marcos Gaben waren, und daß alles vergehen würde, wenn ein einziger Venezianer undankbar genug wäre, nicht mehr an ihn zu glauben und ihm zu huldigen.

Nun geschah es, daß die Söhne sich eines Tages auf einem großen Fischzug im offenen Meer außerhalb des Lidos begaben. Sie waren in Gesellschaft mehrerer anderer, hatten eine prächtige Schaluppe und gedachten, einige Tage fortzubleiben. Das Wetter war schön und sie hofften einen guten Fang zu tun.

Zeitlich eines Morgens stießen sie vom Rialto ab, der großen Insel, auf der die Stadt selbst liegt; und wie sie weiter durch die Lagunen glitten, sahen sie all die Inseln, die gleich Vesten Venedig gegen das Meer beschützen, aus dem Morgennebel emportauchen. Da waren La Giudecca und San Giorgio rechts und San Michele, Murano und San Lazzaro links. Dann folgte Insel auf Insel in einem weiten Kreise, bis hinaus zum langgestreckten Lido, der gerade gegenüber lag und gleichsam das Schloß der Perlenschnur bildete. Aber jenseits des Lido war das weite, unbegrenzte Meer.

Als sie ganz draußen waren, stiegen einige in ein Boot und ruderten von der Schaluppe fort, um die Netze auszuwerfen. Immer noch war gutes Wetter, obgleich hier ein stärkerer Wellengang herrschte als innerhalb der Inselgruppe. Es war sonnenklar, daß niemand an eine Gefahr dachte. Sie hatten ein gutes Boot und waren seetüchtige Leute.

Nach einer Weile jedoch merkten die, die auf der Schaluppe geblieben waren, daß das Meer und der Himmel sich im Norden rasch verdunkelten. Sie begriffen, daß der Nordwind im Anzuge war, und sie begannen, nach den Kameraden zu rufen, aber diese waren schon zu weit entfernt, um die Schreie zu hören.

Der Wind kam zuerst an das Boot heran. Als die Fischer plötzlich die Wellen sich rings um sie erheben sahen, so wie Herden, die auf einer weiten Ebene geruht, sich des Morgens erheben, da stellte sich einer von ihnen auf und winkte den Kameraden, aber im selben Augenblick taumelte er rücklings in das Meer. Gleich darauf kam eine Woge, die das Boot ganz auf die Spitze stellte, und man sah, wie die Leute gleichsam von den Ruderbänken losgeschüttelt und ins Meer geschleudert wurden. Alles war in einem Moment verschwunden. Dann kam das Boot wieder mit umgekehrtem Kiel zum Vorschein. Man suchte nun, die Schaluppe zur Stelle zu bringen, aber man vermochte es nicht, sich gegen den Wind hinzuarbeiten.

Es war ein furchtbarer Sturm, der über das Meer gefahren kam, und die Fischer in der Schaluppe hatten bald genug damit zu tun, sich selbst zu bergen. Sie kehrten doch glücklich heim und erzählten das Unglück. Ceccos beide Söhne und drei andere waren umgekommen.

Gott ja, wie alles sich fügen kann. Cecco war am selben Morgen hinab zur Rialtobrücke gegangen, um den Fischhandel anzusehen. Er ging zwischen den Fischständen hin und her und brüstete sich wie ein Rittersmann, weil er nicht zu arbeiten brauchte. Ja, er nahm sogar ein paar alte Lidofischer mit in eine Osteria und lud sie zu einem Becher ein.

Er setzte sich breit auf die Bank und prahlte mit sich selbst sowohl, wie mit den Söhnen. Er geriet sogar in so gute Laune, daß er die Zechine herausnahm, die er vom Dogen bekommen, weil er ein Kind vor dem Ertrinken im Kanal Grande gerettet hatte. Er hielt große Stücke auf die stattliche Goldmünze, trug sie immer bei sich und zeigte sie, sobald sich eine Gelegenheit dazu fand.

Da kam ein Mann herein und begann von dem Unglück zu erzählen, ohne darauf zu achten, daß Cecco da saß. Aber er hatte nicht lange gesprochen, als der Fischer sich über ihn warf und ihn bei der Kehle packte. »Du willst nicht sagen, daß sie tot sind«, schrie er ihm zu, »nicht meine Söhne, hörst Du, nicht meine Söhne!«

Der Mann riß sich von ihm los, aber Cecco geberdete sich lange, als hätte er den Verstand verloren.

Die Leute hörten ihn schreien und wehklagen, sie drängten sich in die Osteria, so viele, als Platz fanden, und standen im Kreise um ihn, wie um einen Gaukler.

Cecco saß auf dem Boden und krümmte sich. Er schlug mit der Hand auf den harten Stein und rief einmal ums andere: »Das ist San Marco, San Marco, San Marco.«

»Ah, Cecco, Du bist durch Deinen Schmerz von Sinnen«, sagte man ihm.

»Ich wußte, es würde draußen auf dem Meere geschehen«, sagte Cecco, »jenseits vom Lido und Malamocco, dort wußte ich, würde es geschehen. San Marco würde sie dort ereilen. Er trug ihnen Groll nach. Ich habe es lange gefürchtet. Ja«, sagte er, ohne darauf zu hören, was man sagte, um ihn zu beruhigen, »sie verlachten ihn einmal, als wir draußen vor dem Lido lagen. Er hat es nicht vergessen. Er duldet es nicht, verlacht zu werden.«

Er ließ seine verwirrten Blicke rings über die Umstehenden wandern, als suchte er Hilfe. »Hörst Du, Beppo von Malamocco«, sagte er und reichte einem großen Fischer die Hand hin, »glaubst Du nicht, daß San Marco es war?«

»Denke doch nur nicht so etwas, Cecco!«

»Du sollst hören, wie es war, Beppo. Siehst Du, wir lagen draußen auf dem Meere, und, damit die Zeit uns nicht zu lange wurde, erzählte ich ihnen, wie San Marco nach Venedig kam. San Marco der Evangelist, sagte ich ihnen, lag zuerst in einem schönen Dome zu Alexandria in Ägypten begraben. Aber die Stadt kam in die Hände der Ungläubigen, und einmal befahl ihr Kalif, man möge einen prächtigen Palast in Alexandria erbauen und Säulen aus den Kirchen der Christen nehmen, um ihn zu schmücken. Aber gerade um diese Zeit weilten zwei venezianische Kaufleute im Hafen Alexandrias mit zehn reichbeladenen Schiffen. Als diese Männer in die Kirche kamen, wo San Marco begraben lag und von dem Befehle des Kalifen vernahmen, sagten sie zu den betrübten Priestern: ›Die teure Leiche, die ihr in eurer Kirche habt, ist in Gefahr von den Sarazenen entweiht zu werden. Gebet sie uns! Wir wollen sie ehren, denn San Marco war der Erste, der das Christentum auf den Lagunen predigte, und der Doge wird euch belohnen.‹ Da gaben die Priester ihre Zustimmung, und damit die Christen Alexandrias sich dem Vorhaben nicht widersetzten, legte man die Leiche eines anderen heiligen Mannes in den Sarg des Evangelisten. Aber auf daß auch die Sarazenen nicht erfuhren, daß sie die Leiche fortbrachten, legte man sie auf den Boden einer großen Kiste und bedeckte sie mit Schinken und Rauchfleisch, dessen Geruch die Sarazenen nicht vertragen konnten, so daß der Zollwächter, als er den Deckel der Kiste geöffnet hatte, so rasch wie möglich davon wegeilte. Aber die beiden Kaufleute brachten San Marco unversehrt nach Venedig. Du weißt ja, daß so die Erzählung lautet, Beppo.«

»Ja gewiß, Cecco.«

»Ja, aber nun sollst Du hören«, und Cecco richtete sich halb auf und sprach dumpf in seiner Beklemmung: »Siehst Du, das ist das Schreckliche. Als ich erzählte, daß der Heilige unter dem Speck gelegen hatte, begannen die Jungen aus vollem Halse zu lachen. Ich hieß sie schweigen, aber sie lachten nur um so mehr. Giacomo lag flach im Vordersteven, und Pietro ließ die Beine über den Bootsrand hängen, und sie lachten so, daß man es weit übers Meer hinaus hörte.«

»Nun, aber Cecco, zwei Kinder dürfen doch wohl lachen.«

»Aber begreifst Du denn nicht, daß sie heute dort gestorben sind. An derselben Stelle! Könntest Du sonst begreifen, warum sie an derselben Stelle sterben sollten?«

Nun begannen sie alle zu sprechen und zu trösten. Es war sein Schmerz, der ihn irre leitete. San Marco war nicht so. Er nahm nicht Rache an zwei Kindern. Es war ja natürlich, daß, wenn ein Boot in den Sturm geriet, dies sich auf offenem Meere zutrug und nicht im Hafen.

Nein, seine Söhne hatten nicht in Feindschaft mit San Marco gelebt. Sie hatten sie ebenso eifrig wie jeden anderen »*Evviva San Marco*« rufen gehört. Und er hatte sie auch beschützt bis zum heutigen Tage, nie ihnen Unmut gezeigt in den Jahren, die vergangen waren.

»Aber Du, Cecco«, sagten sie, »Du bringst Unglück über uns mit Deinen Reden von San Marco. Du, der Du ein alter und weiser Mann bist, solltest es besser wissen, als ihn gegen die Venezianer aufzureizen. Was sind wir ohne ihn?«

Cecco saß da und sah sie mit seinen verwirrten Blicken an. »Ihr glaubt es also nicht?« sagte er.

»Kein vernünftiger Mensch kann so etwas glauben.«

Es sah aus, als sei es ihnen geglückt, ihn zu beruhigen.

»Ich will auch versuchen, es nicht zu glauben«, sagte er. Er stand auf und ging auf die Türe zu. »Es wäre zu grausam, nicht wahr«, sagte er. »Sie waren zu schön und zu frisch, als daß jemand sie hassen sollte. Ich will es nicht glauben.«

Er ging heim, und in dem Gäßchen vor seiner Tür traf er eine Nachbarsfrau. »Sie lesen jetzt eben im Dom die Seelenmesse«, sagte sie zu Cecco und eilte fort. Sie hatte Furcht vor ihm, so sah er aus.

Da nahm Cecco das Boot und steuerte durch die kleinen Kanäle hinab zur Riva degli Schiavoni. Dort, wo der Ausblick frei war, sah er fürs erste zum Lido und dem Meere hinaus. Ach, es war ein tüchtiger Wind, aber wahrlich kein Sturm. Das Wasser erhob sich kaum zu Wellen. Und in solchem Wetter hatten die Söhne ihr Leben eingebüßt. Es war unbegreiflich.

Er machte das Boot fest und ging über die Piazetta hinein in die Markuskirche. Dort war vieles Volk, und alles lag auf den Knieen, in großer Herzensangst betend. Denn die Venezianer empfanden es ja viel furchtbarer als andere Völker, wenn ein Unglück auf dem Meere geschah. Sie hatten keinen Rückhalt an Weingärten oder Kornfeldern, sondern ein jeder hing vom Meere ab. Sobald dieses sich gegen einen von ihnen erhob, wurden alle von Furcht ergriffen und eilten zu San Marco, um ihn um Schutz anzuflehen.

Tecco blieb anfangs stehen. Er erinnerte sich, wie er mit seinen kleinen Söhnen hergekommen war und sie gelehrt hatte, zu San Marco zu beten. »Er ist es, der uns über die Meere führt, er, der uns die Pforten von Byzanz geöffnet und uns die Herrschaft über die Inseln des Ostens geschenkt hat«, hatte er ihnen gesagt. Aber zum Danke dafür hatten auch die Venezianer San Marco den schönsten Tempel der Welt erbaut, und nie kehrte ein Schiff von einem ausländischen Hafen heim, ohne eine Gabe für die Kirche mitzubringen.

Dann hatten sie sich an den roten Marmorwänden des Domes erfreut und an dem goldenen, mosaikbedeckten Dache. Es war, als könnte kein Unglück eine Stadt treffen, die ihrem Schutzherrn eine solche Burg errichtet.

Tecco sank in aller Hast auf die Knie und begann *Pater noster* um *Pater noster* zu beten.

Es kam wieder, das fühlte er. Er wollte es mit Gebeten von sich weisen. Er wollte nichts übles von San Marco glauben.

Aber es war ja gar kein Sturm gewesen. Und das stand fest, wenn der Heilige nicht selbst den Sturm gesandt, so hatte er auch nichts getan, um den Söhnen beizustehen, sondern hatte sie verderben lassen, gleichsam zur Kurzweil. Sobald er sich darauf ertappte, solches zu denken, vertiefte er sich aufs neue ins Gebet, doch die Gedanken wollten sich nicht verscheuchen lassen. Und sich zu denken, daß San Marco eine Schatzkammer hatte hier im Dom, mit Märchenherrlichkeit gefüllt, sich zu denken, daß er selbst sein ganzes Leben lang zu ihm gebetet hatte und nie an der Piazetta vorbeigerudert war, ohne hineinzugehen und ihn anzurufen.

Es mußte wohl seinen Grund haben, daß die Söhne gerade dort draußen ihr Leben einbüßten. Ah, es war ein Elend für die Venezianer, nichts besseres zu haben, worauf sie bauen konnten! Man denke nur, ein Heiliger, der Rache an zwei Kindern nahm, ein Schutzherr, der vor einem Küstenwind nicht zu retten vermochte!

Er hatte sich erhoben und er zuckte die Achseln und ließ die Arme sinken, als er zu dem Heiligengrab im Chore hinsah.

Ein Kirchendiener ging mit einem großen vergoldeten und getriebenen Silberteller umher und sammelte Gaben für San Marco ein. Er ging von Mann zu Mann und kam auch zu Tecco.

Tecco prallte zurück, als wäre es der böse Feind, der ihm den Teller reichte. Begehrte San Marco Gaben von ihm? Vermeinte er Gaben von ihm zu verdienen? Doch plötzlich griff er nach der großen goldenen Zechine, die er im Gürtel trug und schleuderte sie mit solcher Gewalt auf den Teller, daß man den Klang durch die ganze Kirche hörte. Die Betenden wandten aufgestört die Köpfe. Und jeden, der Teccos Antlitz sah, erfaßte Entsetzen. Er sah aus, als hätten die Dämonen Macht über ihn bekommen.

Gleich nachher ging Tecco aus der Kirche, und anfangs dünkte es ihm eine große Erleichterung, daß er sich an dem Heiligen gerächt hatte. Er war mit ihm verfahren wie mit einem Wucherer, der einem mehr entreißen will, als worauf er ein Anrecht hat. »Nimm auch das«, sagt man und schleudert ihm das letzte Goldstück an den Kopf, so daß das Blut ihm über die Augen strömt. Aber der Wucherer schlägt nicht zurück, er bückt sich nur und hebt die Zechine auf. So hatte auch San Marco es getan.

Er hatte Teccos Zechine entgegengenommen, nachdem er ihm seine Söhne geraubt. Tecco hatte ihn vermocht, eine Gabe zu nehmen, die mit solchem Haß gegeben wurde. Würde ein ehrlicher Mann sich dazu herbeigelassen haben? Aber San Marco war ein jämmerlicher Patron – Tecco freute sich, gezeigt zu haben, daß San Marco ein jämmerlicher Patron war, ebenso feige wie rachsüchtig.

Aber an Tecco würde er sich nicht rächen. Er war wohl froh und dankbar, weil er die Zechine bekommen. Er strich nur ein und tat, als wäre sie ihm in aller Frömmigkeit gegeben.

Als Tecco in der Vorhalle zu San Marco stand, kamen zwei Kirchendiener vorbeigeeilt. »Es steigt, es steigt ganz furchtbar«, sagte der eine.

»Was?« fragte Tecco.

»Das Wasser in der Krypta. In diesen letzten Minuten ist es um einen Fuß gestiegen.«

Als Tecco hinaus auf die Kirchentreppe kam, bemerkte er eine kleine Wasseransammlung auf dem Platze gleich bei der untersten Stufe. Das war das Meereswasser, das von der Piazzetta heraufsickerte.

Es überraschte ihn, daß das Meer so hoch gestiegen war, und er eilte hinab zur Riva, wo er sein Boot hatte. Dort war alles, wie er es verlassen, nur daß das Wasser sich recht bedeutend erhoben hatte. Es kam in breiten Wellen herangerollt, doch der Wind war gelinde. Auf der Riva sammelten sich schon Pfützen von Meerwasser, und die Kanäle stiegen, so daß die Wassertore der Häuser geschlossen werden mußten. Der Himmel war gleichmäßig grau, ganz wie das Meer.

Es kam Tecco gar nicht in den Sinn, daß dies ein ernsthaftes Unwetter werden konnte. Er wollte an so etwas nicht glauben. San Marco hatte seine Söhne ohne Grund sterben lassen; dies war gewiß kein ernstlicher Sturm. Das wollte er nur sehen, ob daraus etwas werden konnte. Und er setzte sich neben sein Boot und wartete.

Da begann die glatte Wolkendecke, die den Himmel verhüllte, zu zerreißen. Die getrennten Wolken wurden beiseite geschleudert, und heraus jagten große Gewitterwolken, schwarz wie Kriegsschiffe, und aus ihnen rauschte peitschender Regen und Hagel auf die Stadt hinab.

Nun kam es auch wie ein ganz neues Meer vom Lido hereingerauscht. O Signore, das waren nicht die schwanhalsigen Wellen, die sie dort draußen gesehen, die, den durchsichtigen Nacken krümmend, dem Lande zueilen und, von dort unbarmherzig zurückgestoßen, wieder hinausgleiten, das weiße Schaumhaar über den Meeresspiegel zerstreut. Es waren dunkle Wogen, die einander in Raserei jagten und auf deren Kämmen bitterer Salzschaum zu Nebel zerpeischt wurde.

Der Wind war jetzt so stark, daß die Möven nicht ihr ruhiges Schweben fortsetzen konnten, sondern kreischend aus ihren Bahnen geschleudert wurden. Bald sah Tecco sie mühsam dem Meere zustreben, um nicht vom Sturme ergriffen und gegen die Mauern der Häuser geworfen zu werden. Die vielen hundert Tauben auf dem Marcusplatz flogen auf, mit den Flügeln schlagend, so daß es wie ein neuer Sturm dröhnte, und bargen sich in den Ecken und Winkeln des Kirchendachs.

Aber nicht nur die Vögel erschraken vor dem Unwetter. Ein paar Gondeln hatten sich schon losgerissen und wurden gegen den Strand geschleudert, so daß sie dem Zerschellen nahe waren. Und nun kamen alle Gondolieri hinabgestürzt, um die Boote in den Bootshütten zu bergen, oder in die kleinen Kanäle wegzuführen. Die Seeleute auf den Schiffen, die im Hafen lagen, arbeiteten mit den Ankertauen, um die Schuten zu befestigen, so daß sie nicht hinauf ans Land getrieben wurden. Sie nahmen die Wäsche herein, die auf der Brüstung trocknete, sie drückten die Mütze tief in die Stirne und sahen sich nach allem beweglichen Gute um, das unter Deck gebracht werden mußte. Den Kanal Grande hinab kam eine ganze Fischerflotte gestürmt. Alle die vom Lido und Malamocco, die ihre Waaren am Rialto verkauft, waren auf der Flucht, um ihr Heim zu erreichen, bevor der Sturm übermächtig wurde.

Tecco lachte, als er die Fischer über die Ruder gebeugt stehen sah, als flüchteten sie vor dem Tode. Sahen sie denn nicht, daß dies nur ein Windstoß war? Sie hätten in guter Ruhe bleiben und sich von den Venezianern alle ihre Tintenfische und Krabben abkaufen lassen können.

Er brachte sein Boot nicht in Sicherheit, obgleich der Sturm jetzt heftig genug war, daß ein gewöhnlicher Mensch damit gerechnet hätte. Die Wäschestege wurden von den Wellen emporgehoben und aufs Land geworfen, indeß die Wäscherinnen schreiend heimwärts flüchteten. Den Signori, die mit breitkrämpigen Hüten umherwanderten, wurden diese vom Kopfe gerissen und in die Kanäle geschleudert, aus denen die Gassenjungen sie hoch erfreut herausfischten. Segel wurden von den Masten gezerrt und flatterten dröhnend durch die Luft, Kinder wurden umgeblasen, und die Wäschestücke, die auf Leinen in den schmalen Gäßchen hingen, flogen auf und fielen weit weg zu Boden, ganz zerfetzt.

Tecco lachte über den Sturm, der vorderhand noch mit allerlei leichten Sächelchen sein Spiel trieb. Ein Sturm, der Vögel verscheuchte und Unfug in den Gassen anstiftete, wie ein Junge. Nun zog er doch das Boot unter eine Brückenwölbung, denn dies war ein Wind, von dem man nicht wissen konnte, gegen wen er seinen Übermut kehren würde.

Gegen Abend begann Tecco zu finden, daß es gut wäre, auf dem Meere zu sein. Bei solch einer prächtigen Brise müßte ein Boot prächtig gehen, denn auf dem Lande war es unheimlicher, hier barsten Schornsteine, die Dächer der Bootshütten stellten sich auf und flogen ans Ufer. Dachziegel regneten hinab in die Kanäle. Der Wind schlug Türen und Fenster zu, er brauste in die offenen Loggien der Paläste und brach das verzierte Laubwerk los.

Tecco hielt sich noch tapfer, aber er ging nicht nach Hause, um sich niederzulegen. Er konnte das Boot nicht heimführen, und da war es besser, zu bleiben und es zu behüten. Aber als jemand an ihm vorüberging und sagte, dies sei ein schreckenvolles Wetter, wollte er es nicht zugeben. Er hatte in seiner Jugend anderes Wetter durchgemacht.

»Ein Sturm«, sagte er bei sich selbst. »Sollte man dies wohl einen Sturm nennen können? Und man könnte vielleicht meinen, daß er sich in demselben Augenblick erhob, als ich San Marco die Zechine hinwarf. Als ob er über einen rechten Sturm gebieten könnte!«

Als die Nacht kam, stürmten Meer und Wind so an, daß Venedig in seinen Grundvesten erzitterte. Doge Gradenigo und die Herren des hohen Rats begaben sich bei finsterer Nacht in die Markuskirche, um für die Stadt zu beten. Fackelträger gingen ihnen voraus, und die Flammen flatterten im Winde, so daß sie flach wie Wimpel lagen. Der Wind zerrte an dem schweren Brokatgewand des Dogen, so daß zwei Männer es halten mußten.

Tecco fand, dies sei das Wunderlichste, das er noch gesehen. Doge Gradenigo selbst zog zum Dom, um solch eines unbedeutenden Lüftchens willen. Aber was würden die Menschen dann beginnen, wenn ein richtiger Sturm käme? Die Wellen schlugen unaufhörlich gegen den gepfählten Strand. Es war jetzt im nächtlichen Dunkel, als sprängen weißhäuptige Ungeheuer aus der Tiefe und klammerten sich mit Zähnen und Klauen an die Pfosten fest, um sie vom Strande loszureißen. Tecco vermeinte ihr erbostes Zischen zu hören, wenn sie hinabtaumelten. Aber Schauer begannen ihn zu packen, als er sie unablässig wieder hinauskommen und an den Pfählen rütteln sah.

Jetzt bei Nacht dünkte ihm der Sturm viel furchtbarer. Er hörte Rufe die Luft durchschneiden, die nicht die des Windes waren, zuweilen kamen schwarze Wolken wie eine ganze Reihe schwerer Galeeren getrieben, und es war als rückten sie zum Sturmlauf an.

Dann hörte er deutlich, wie es aus ein paar zerrissenen Wolken sprach, die über seinem Haupt dahinglitten.

»Nun schlägt die Stunde für Venedig«, ertönte es aus der einen Wolke, »bald kommen unsere Brüder, die Dämonen, und stürzen die Stadt um.«

»Ich fürchte, San Marco läßt es nicht geschehen«, sprach es aus der anderen Wolke.

»San Marco ist von einem Venezianer vor die Stirne geschlagen worden, so daß er machtlos daliegt und niemand helfen kann«, sagte die erste Stimme.

Die Worte kamen, vom Sturm getragen, hinab zum alten Tecco, und von Stund an lag er auf den Knieen und betete zu San Marco um Gnade und Vergebung.

Denn es verhielt sich so, wie die Dämonen gesagt hatten. Es schlug die Stunde für Venedig. Die schöne Inselkönigin war ihrem Untergange nahe. Ein Venezianer hatte San Marco gelästert, und darum stand es bevor, daß Venedig vom Meere hinweggespült wurde. Und es sollte keine Mondscheinfahrten auf seinen Kanälen mehr geben, keine Barcarolen sollten aus seinen schwarzen Gondeln erklingen. Das Meer würde über die goldblonden Signoras, über die stolzen Paläste und den güldenen Markusdom dahingehen.

Wenn niemand diese Schlamminseln schützte, waren sie dem Verderben geweiht. Bevor San Marco nach Venedig gekommen, war es oft geschehen, daß große Stücke derselben von den Wogen hinweggespült wurden.

Mit dem ersten Morgengrauen begannen die Glocken der Markuskirche zu läuten. Alles Volk strömte der Kirche zu, während die Kleider ihnen fast vom Leibe gerissen wurden. So hatte der Sturm zugenommen.

Die Priester hatten beschlossen, gegen das Meer und den Sturm auszuziehen. Sie öffneten die Hauptportale des Doms, und in einer langen Reihe ergoß sich die Prozession aus der Kirche. Zuerst wurde das Kreuz getragen, dann kamen die Fackelträger, zuletzt führte man San Marcos Banner und die heilige Hostie. Aber der Sturm wurde nicht gebändigt, es war im Gegenteil, als hätte er kein besseres Spielzeug haben können. Er warf die Kreuzträger zu Boden, er löschte die Wachslichter und schleuderte den Baldachin, der über die Hostie gehalten wurde, hinauf auf das Dach des Dogenpalastes. Mit knapper Not rettete man San Marcos Banner mit dem geflügelten Löwen davor, durch die Luft entführt zu werden.

Tecco sah all dies und schlich sich laut klagend hinab zum Boote. Den ganzen Tag lag er am Strande, oft gingen die Wellen über ihn hin, und er war nahe daran, ins Meer gerissen zu werden. Den ganzen Tag war er in unablässige Gebete zu Gott und San Marco versunken. Nun fühlte er, daß seine Gebete es waren, an denen das Schicksal der ganzen Stadt hing.

Viele waren an diesem Tage nicht im Freien, aber einige kamen doch wehklagend die Riva hinab. Alle sprachen von dem unermeßlichen Schaden, den der Sturm tat. Man konnte sehen, wie die Häuser drüben in Murano einstürzten, es war als stünde die ganze Insel unter Wasser, aber auch hier auf dem Rialto waren ein paar Häuser zusammengebrochen.

Der Sturm dauerte den ganzen Tag mit der gleichen Heftigkeit fort. Gegen Abend versammelte sich eine große Menschenschaar auf dem Markusplatze und der Piazetta, obgleich diese beinahe unter Wasser waren. Sie wagten es nicht in den Häusern zu bleiben, die in ihren Grundvesten erbebten.

Und in das Jammern derer, die das Unglück fürchteten, mischten sich die Schreie jener, die schon davon betroffen waren. Wohnstätten standen unter Wasser, Kinder waren in ihren Wiegen ertrunken. Greise und Kranke den einstürzenden Häusern hinab in die Wellen gefolgt.

Tecco lag noch immer da und betete zu San Marco. Ah, das Vergehen eines geringen Fischers konnte doch nicht so hoch angeschlagen werden! Der Heilige konnte nicht ohnmächtig sein um seinetwillen. Mochte er doch die Dämonen ihn nehmen lassen und sein Boot. Er verdiente es nicht besser. Aber nicht die ganze Stadt! Gott erbarme sich, nicht die ganze Stadt!

»Meine Söhne«, sagte Tecco zu San Marco, »was sind mir meine Söhne, wenn es Venedig gilt! Ich wollte einen Sohn hingeben für jeden Dachziegel, der in Gefahr ist, in den Kanal geweht zu werden, wenn ich ihn um diesen Preis festzuhalten vermöchte. O, San Marco, jeder, der geringste Stein von Venedig ist so viel wert wie ein blühender Sohn.«

Zuweilen sah er entsetzliche Dinge. Da war eine große Galeere, die sich aus der Verankerung losgerissen und nun ans Land getrieben kam. Sie ging gerade gegen den gepfählten Strand los und stieß mit dem Widderkopfe, den sie am Vordersteven trug, zu, als sollte sie sich in ein feindliches Schiff bohren. Stoß um Stoß führte sie, und der Anlauf war so furchtbar, daß das Schiff beinahe aus den Fugen ging. Die Wellen spielten hinein, die Spalten weiteten sich, und das stolze Fahrzeug wurde in Stücke gerissen. Aber die ganze Zeit über sah man den Kapitän und ein paar der Besatzung, die das Fahrzeug nicht verlassen wollten, sich an das Verdeck anklammern und dem Tode entgegengehen, ohne einen Versuch zu machen, ihm auszuweichen.

So kam die zweite Nacht und Teccos Gebete ließen nicht ab, an die Himmelstür zu pochen. »Laß mich allein leiden«, sagte er. »San Marco, dies ist mehr als ein Mann ertragen kann, andere so mit ins Unglück zu stürzen. Aber sende Deinen Löwen und töte mich, ich will nicht von der Stelle weichen. Was Du verlangst, daß ich für die Stadt dahingeben soll, ich opfere es gern.«

Als er dieses sagte, blickte er hinüber zur Piazetta, und es war ihm, als könnte er den Markuslöwen auf der einen Granitsäule nicht mehr sehen, hatte San Marco zugelassen, daß sein Löwe zur Erde geweht wurde? Der alte Tecco weinte. Er war nahe daran, an Venedig zu verzweifeln.

Während er so dalag, sah er die ganze Zeit über Gesichte und hörte Stimmen. Die Dämonen sprachen und tobten rings um ihn. Er hörte sie, wie sie gleich wilden Tieren zischten, wenn sie sich gegen die Strandpfählung warfen. Er fragte nicht viel nach ihnen. All sein Sinnen und Trachten war Venedig.

Da hörte er über sich starken Schwingenschlag, und das Herz sank ihm im Leibe, das war gewiß San Marcos Löwe, der da geflogen kam. Es rührte sich hier und dort in der Luft, er sah ihn und sah ihn nicht. Dann dünkte ihn, daß er herab auf die Riva degli Schiavoni stieg wo er lag, und dort umherschlich. Es war so, daß er vor Schrecken ins Meer springen wollte, aber er blieb auf seinem Platze. Er war es wohl, den der Löwe suchte. Konnte er nur Venedig retten, wollte er gern San Marco an sich Rache nehmen lassen.

Nun kam der Löwe über die Erde geschlichen, wie eine Katze. Er sah, wie er sich zum Sprunge duckte. Er merkte, wie er die Flügel niederschlug und die großen Karfunkelaugen zu zwei schmalen funkelnden Ritzen zusammenzog.

Der alte Tecco dachte wohl daran, hinab ins Boot zu kriechen und sich unter die Brückenwölbung in Sicherheit zu bringen, aber er ermannte sich und blieb, wo er war.

Im selben Augenblick stand urplötzlich ein großer, ehrwürdiger Mann neben ihm.

»Guten Abend, Tecco«, sagte der Mann, »nimm Dein Boot und führe mich hinüber nach San Giorgio Maggiore.«

»Ja«, sagte der alte Fischer, »gleich, Herr.«

Es war ihm, als erwachte er aus einem Traum. Der Löwe war verschwunden, und der Mann hier war ja jemand, der ihn kannte, obgleich Tecco sich nicht entsinnen konnte, wo er ihm zuvor begegnet. Er war recht froh, Gesellschaft zu bekommen. Die furchtbare Last und Beklemmung, die über ihm geruht, seit er in Feindschaft mit dem Heiligen geraten, war auf einmal gänzlich verschwunden. Aber was nun das betraf, nach San Giorgio hinüber zu fahren, so glaubte er keinen Augenblick, daß das glücken konnte.

»Wir können ja nicht einmal das Boot herausbekommen«, sagte er zu sich selbst. Aber der Mann neben ihm erschien ihm so, daß er alles Erdenkliche tun wollte, um ihm zu dienen; und es glückte ihm auch, das Boot hervorzuziehen. Er half dem Fremdling einsteigen und ergriff das Ruder.

Tecco lachte über sich selbst. »Was glaubst du wohl? Stoße doch wenigstens nicht ab«, sagte er. »Hast du je solche Wellen gesehen? Aber sage ihm doch, daß das nicht in menschlicher Macht steht.«

Aber es dünkte ihn, als könnte er dem Fremdling nicht sagen, daß es unmöglich sei. Dieser saß so gelassen da, als sollte er eines Sommerabends zum Lido fahren. Und Tecco begann gegen San Giorgio Maggiore zu rudern. Es war unheimlich, einmal ums andere gingen die Wellen über sie dahin.

»Ah, ruf doch einer den Kerl«, sagte Tecco halblaut zu sich selbst, »ruft doch den Kerl, der in solch einem Wetter ausfährt. Es ist ja sonst ein kluger, alter Fischer, ruft ihm nach.«

Nun stieg das Boot steile Anhöhen hinan und glitt hinab in Täler, Schaum sprühte auf Tecco von den Wellen, die gleich scheuen Pferden an ihm vorbei eilten, aber er arbeitete sich doch immer näher zu San Giorgio heran.

»Wer ist es, für den du all dies tust, Boot und Leben wagst«, sagte er. »Du weißt ja nicht einmal, ob er dich bezahlen kann. Er sieht nicht aus wie ein Rittersmann. Er ist nicht besser gekleidet als du selbst.«

Aber das sagte er nur, um guten Muts zu bleiben und sich seiner Nachgiebigkeit nicht schämen zu müssen. Er fühlte sich gezwungen, alles zu tun, was der Mann im Boot wünschte.

»Aber nicht bis San Giorgio zum mindesten, du Narr«, sagte er, »da weht der Wind noch ärger, als am Rialto.«

Doch er legte dort an und hielt das Boot fest, indeß der Fremdling ans Land ging. Es dünkte ihn das Klügste, das Boot dazulassen und sich fortzuschleichen, aber er tat es nicht. Er hätte eher den Tod erleiden, als den Fremden verraten mögen. Er sah diesen die Insel hinaufgehen und in die Kirche San Giorgio eintreten. Bald darauf kam er zurück, von einem eisengepanzerten Ritter begleitet.

»Rudere uns jetzt hinaus nach San Niccolo am Lido«, sagte der Fremdling.

»Ach ja freilich«, dachte Tecco, »warum nicht auch zum Lido?« Da es Todesqual gewesen, das Stück nach San Giorgio zu rudern, warum sollten sie nicht auch die Fahrt zum Lido wagen? Und Tecco erschrak vor sich selbst, weil er dem Fremdling so bis in den Tod gehorsam war, denn nun steuerte er wirklich zum Lido hin.

Jetzt, da ihrer Zwei im Boote waren, hatte er noch schwerere Arbeit. Er wußte gar nicht, wie er es ertragen sollte. »Du hattest doch noch viele Jahre zu leben«, sagte er vorwurfsvoll zu sich selbst.

Aber das Wunderliche war, daß er dennoch nicht betrübt war. Er fühlte sich so froh, daß er aus vollem Halse hätte lachen mögen. Und wie stolz er war, daß er sich durcharbeiten konnte. »Er weiß sein Ruder zu führen, der alte Tecco«, sagte er.

Sie legten am Lido an und die beiden Fremdlinge gingen an Land. Sie stiegen zu San Niccolo hinauf und kamen bald in Gesellschaft eines alten Bischofs zurück, mit der Stola bekleidet, den Stab in der Hand und die Mitra auf dem Haupte.

»Rudere nun hinaus ins offene Meer«, sagte der erste Fremdling. Der alte Tecco erbebte. Sollte er hinaus ins Meer rudern, wo die Söhne den Tod gefunden. Nun sagte er kein Scherzwort mehr zu sich selbst. Er dachte auch nicht so sehr an den Sturm, als an das Grauen, das darin lag, zum Grabe der Söhne hinauszufahren.

Als er nun dorthin ruderte, fühlte er, daß er mehr als das Leben für den Fremden hingab.

Die drei Männer saßen schweigend im Boot, als wären sie wohl auf ihrer Hut. Sie hatten nun die Meerespforte beim Lido erreicht, und das große, sturmdurchwühlte Meer lag vor ihnen.

In Tecco schluchzte es gleichsam auf. Er dachte daran, daß hier in diesen Wellen die zwei Leichen umherrollten. Er starrte hinab ins Wasser nach ein paar wohlbekannten Gesichtern. Aber vorwärts ging es trotz alledem. Tecco ließ sich nicht unterducken.

Da erhoben sich plötzlich die drei Männer im Boote, und Tecco sank in die Knie, obgleich er noch stets das Ruder festhielt. Ein großes Schiff kam gerade auf sie zugesteuert.

Das heißt, es hielt schwer für Tecco, zu sehen, ob es ein Schiff war oder nur ein treibender Nebel. Die Segel waren groß, wie zu den vier Enden des Himmels gespannt, und der Rumpf war gewaltig, aber wie aus dem leichtesten Meeresdunst erbaut. Er vermeinte eine Besatzung an Bord zu sehen und ihre Rufe zu hören, aber die Besatzung war eine geballte Dunkelheit, und die Rufe wie das Brüllen des Sturmes.

Jedenfalls war es zu furchtbar, das Schiff gerade über sie kommen zu sehen, und Tecco schloß die Augen.

Da mußten die Drei im Boote den Stoß abgewehrt haben, denn das Boot ward nicht übersegelt. Als Tecco aufsah, war das Schiff auf der

Flucht ins Meer hinaus begriffen, und laute Klageschreie drangen durch die Nacht.

Er richtete sich zitternd auf, um weiterzurudern. Er fühlte eine solche Müdigkeit, daß er kaum das Ruder führen konnte. Aber nun war auch keine Gefahr mehr. Der Sturm hatte aufgehört, und die Wellen legten sich rasch zur Ruhe.

»Führe uns nun heim nach Venedig«, sagte der Fremdling zu dem Fischer. Tecco brachte das Boot zum Lido, wo der Bischof ausstieg, und nach San Giorgio, wo der Ritter sie verließ. Der erste mächtige Fremdling begleitete ihn bis zum Rialto.

Als sie an der Riva degli Schiavoni ans Land gestiegen waren, sagte er zu dem Fischer: »Wenn es tagt, sollst Du zum Dogen gehen und ihm sagen, was Du heute Nacht geschaut. Sage ihm, daß San Marco, San Giorgio und San Niccolo in dieser Nacht mit den Dämonen gekämpft, die Venedig zerstören wollten, und sie vertrieben haben.«

»Ja, Herr«, sagte der Fischer, »ich will alles berichten. Aber wie werde ich so zu reden verstehen, daß der Doge mir Glauben schenkt?«

Da reichte San Marco ihm einen Ring mit einem wundersam strahlenden Edelstein. »Zeige diesen dem Dogen«, sagte er, »dann weiß er, daß er von mir Kunde bringt. Er kennt meinen Ring, der in San Marcos Schatzkammer im Dome verwahrt wird.«

Der Fischer nahm den Ring und küßte ihn ehrfurchtsvoll.

»Und ferner sollst Du dem Dogen sagen«, fuhr der Heilige fort, »daß dieses ein Zeichen ist, daß ich niemals Venedig verlassen werde. Selbst wenn der letzte Doge aus dem Palazzo ducale gezogen, werde ich leben und Venedig aufrecht erhalten. Selbst wenn Venedig die Inseln des Ostens verliert und die Herrschaft über das Meer und kein Doge mehr auf dem Bucentauro auszieht, werde ich die Stadt schön und strahlend bewahren. Stets wird sie reich und geliebt sein, stets besungen und ge-priesen, stets hold für die Menschen, um in ihr zu weilen. Sage dieses, Tecco, und der Doge wird Deiner in Deinen alten Tagen nicht vergessen!«

Damit verschwand er und kurz darauf stieg die Sonne über der Mee-respforte bei Forcello empor. Mit den ersten herrlichen Strahlen warf sie einen Rosenschimmer über das weiße Venedig und das schillernde Meer. Rot erstrahlte San Giorgio und San Marco und der ganze päläste-geschmückte Strand. Und in den schönen Morgen traten strahlende Venezianerinnen auf die Loggien und lächelten dem Tage entgegen. Wieder war Venedig die schöne Göttin, die in rosig glitzernder Muschel über den Wellen thront. Schön, wie nie zuvor, strählte sie ihr Goldhaar und hüllte sich in ihren Purpurmantel, um einem ihrer seligsten Tage entgegenzugehen. Denn ein Rausch des Glücks erfüllte sie, als der Fischer dem Dogen den Ring darbrachte und sie erfuhr, daß der Heilige jetzt und allezeit seine schützende Hand über sie halte.

Santa Caterina di Siena

Es ist in dem alten Hause Santa Caterinas in Siena, an einem Tage Ende April, in der Woche, in der ihr Fest gefeiert wird. In dem alten Hause in der Färberstraße ist es, dem Hause mit der schönen Loggia und den vielen kleinen Kammern, die nun zu Kapellen und Betzimmern umgewandelt sind, und in die die Menschen mit weißen Liliensträußen kommen und wo es von Räucherwerk und Veilchen duftet.

Und wenn man da geht, denkt man: Es ist ganz so, als wäre die kleine Caterina gestern gestorben, ganz als hätten alle, die heute in ihrem Hause aus- und eingehen, sie gesehen und gekannt.

Aber eigentlich kann doch niemand glauben, sie sei tot, denn da würde man mehr Schmerz und Tränen gesehen haben und nicht bloß ein stilles Vermissen, so wie jetzt. Eher ist es, als ob eine geliebte Tochter eben geheiratet hätte und vom väterlichen Heime fortgezogen wäre.

Werft nur einen Blick auf die nächsten Häuser. Die alten Mauern sind festlich verkleidet. Und in ihrem eigenen Heim hängen Blumenguirlanden unter Pforten und Loggien, grünes Laub liegt auf Treppen und Schwellen, und in den Zimmern duftet es nach großen Blumensträußen.

Und man kann es gar nicht glauben, daß sie schon seit fünfhundert Jahren tot ist. Viel eher ist es, als hätte sie ihre Hochzeit gefeiert und wäre fortgezogen in ein Land, aus dem sie spät oder niemals wiederkehren kann. Sind es nicht lauter rote Tücher und rote Decken und rote Seidenfahnen, die die Häuser verkleiden, und sind nicht die größten, rotesten Papierrosen in die dunklen Steineichenguirlanden gesteckt, und die Schabracken über Türen und Fenstern, sind sie nicht rot mit goldenen Fransen? Kann es etwas fröhlicheres geben?

Und seht nun, wie drinnen im Hause alte Frauen umhergehen und ihre kleinen Besitztümer betrachten. Es ist, als hätten sie sie gerade diesen Schleier, dieses Bußgewand tragen sehen. Sie besehen das Zimmer, wo sie wohnte, und weisen auf die Lagerstatt und auf die Briefbündel. Und sie erzählen, wie sie es erst gar nicht lernen konnte zu schreiben, aber dann kam es ganz plötzlich über sie, daß sie es konnte – ganz ohne Unterricht. Und seht nur, welche gute, klare Handschrift! – Dann zeigen sie auch die kleine Flasche, die sie am Gürtel zu tragen pflegte, um immer ein paar Tropfen zur Hand zu haben, wenn sie einem Kranken begegnete; – und sie lesen einen Segensspruch über der alten Nachtlampe, die sie in der Hand trug, wenn sie ging und die Kranken in den Nächten des Leidens aufsuchte. Es ist ganz, als wollten sie sagen: »O Gott, o Gott, daß sie nun fort ist, die kleine Caterina Benincasa, daß sie nie mehr kommen wird und nach uns Alten sehen!«

Und sie küssen ihr Bild und nehmen Blumen aus den Sträußen und bergen sie als Andenken.

Es sieht ganz so aus, als hätten die im Heime Zurückgebliebenen sich lange auf die Trennung vorbereitet und versucht, alles mögliche zu tun, um das Gedächtnis der Fortgezogenen so recht lebendig zu erhalten. Seht, dort auf der Wand, da ist sie gemalt, da ist ihre ganze, kleine Geschichte Zug für Zug gesammelt. Da ist sie, wie sie sich das lange, schöne Haar abschnitt, damit kein Mann sie lieben konnte, denn sie wollte nicht heiraten! O, o, welchen Schimpf sie darum leiden mußte! Es ist schrecklich, daran zu denken, wie ihre Mutter sie quälte und sie wie eine Dienstmagd behandelte und sie auf dem Steinboden im Flur schlafen ließ und ihr nichts zu essen geben wollte, bloß weil sie beharrlich blieb. Aber was sollte sie tun, sie, die keinen anderen Bräutigam haben wollte als Christus, da sie stets versuchten, sie zu verehelichen? Und da ist sie, wie sie auf den Knieen lag und betete und ihr Vater in das Zimmer trat, ohne daß sie darum wußte, und eine schöne weiße Taube über ihrem Haupte schweben sah, so lange das Gebet währte.

Und da ist sie, in einer Weihnachtsnacht, als sie sich zum Altar der Madonna geschlichen, um sich so recht der Geburt des Gottessohnes zu freuen.

Und die schöne Madonna beugte sich aus dem Rahmen hinab und reichte ihr das Kind, damit sie es für einen Augenblick in ihren Armen halten sollte. Ah, welche Wollust da über ihr war!

Du lieber Gott, ja, man muß ja auch nicht sagen, daß sie tot ist, die kleine Caterina Benincasa. Man kann ganz einfach sagen, sie sei fortgezogen mit ihrem Bräutigam.

Dort im Hause wird man nie ihr frommes Tun und Lassen vergessen. Da kommen alle Armen Sienas und klopfen an die Türe, denn sie wissen, dies ist des kleinen Jungfräuleins Hochzeitstag. Und da sind große Haufen Brot für sie bereit, ganz als wäre sie noch daheim. Sie bekommen Körbe und Taschen voll. Sie hätte sie nicht schwerer beladen wegschicken können, wenn sie selbst dagewesen wäre.

Da ist ein solcher Kummer um die Dahingegangene, daß man kaum begreift, wie der Bräutigam es übers Herz brachte, sie fortzuführen.

Drinnen in den kleinen Kapellen, die in jeder Ecke des Hauses eingerichtet sind, lesen sie Messe um Messe, den ganzen Tag, und sie rufen
die Braut an und singen Hymnen an sie.

»Heilige Caterina«, sagen sie, »an deinem Todestag, der dein himmli-
scher Hochzeitstag ist: Bitt für uns!

»Heilige Caterina, du, die du keine andere Liebe hattest als Christus,
du, die im Leben seine verlobte Braut warst und im Tode von ihm
im Paradiese empfangen wurdest: Bitte für uns!«

»Heilige Caterina, du strahlende Himmelsbraut, du allerglückseligste
Jungfrau, du, die die Gottesmutter zur Seite des Sohnes erhob, du, die
an diesem Tage von Engeln in das Reich der Herrlichkeit getragen wurde:
Bitte für uns!« – – –

Es ist wunderlich, wie lieb man sie gewinnt, wie das Heim und die
Bilder und die Liebe der Alten und Armen sie lebend macht. Und man
beginnt nachzugrübeln, wie sie wirklich war, ob sie nur eine Heilige gewesen, nur eine Himmelsbraut, ob es wahr ist, dies, daß sie es nicht
vermochte, einen anderen als Christus zu lieben. Und da kommt eine
alte Erzählung, die vor langer Zeit das Herz erwärmt, aus der Erinnerung
aufgetaucht, erst ganz unbestimmt und formlos; aber während man in
dem festlich geschmückten Hause unter der Loggia sitzt und die Armen
mit ihren gefüllten Körben fortwandern sieht und das dumpfe Murmeln
aus der Kapelle hört, wird das Schwebende immer deutlicher und steht
mit einemmale ganz klar vor dem Gedanken.

Nicola Fungo war ein junger Edelmann von Perugia, der oft nach Siena
kam um der Wettrennen willen. Er merkte bald, welch schlechte Verwal-
tung Siena hatte, und sagte oft, sowohl bei den Gastmählern der Großen,
als wenn er im Wirtshause saß und trank, daß Siena sich gegen die Signoria erheben und sich andere Machthaber schaffen sollte.

Die damalige Signoria war noch nicht länger als ein halbes Jahr am
Ruder; sie war ihrer Stellung nicht sehr sicher und mochte es nicht leiden,
daß der Perugier das Volk aufreizte. Um der Sache ein rasches Ende zu
machen, ließ sie ihn gefangen nehmen, und nach einem kurzen Verhör
wurde er zum Tode verurteilt. Man warf ihn in eine Gefängniszelle des
Palazzo pubblico, indes alles zur Hinrichtung vorbereitet wurde, die am
nächsten Morgen auf dem Marktplatze stattfinden sollte.

Im Anfange dünkte es ihm wunderlich. Morgen sollte er also nicht
mehr seinen grünen Samtmantel tragen und das schöne Wehrgehänge,

er sollte nicht über die Straße gehen in seinem Straußfedernbarett und die Blicke der jungen Mägdlein an sich locken. Und es schwebte vor ihm wie eine schmerzliche Leere, daß er sein neues Pferd nicht würde reiten können, das er gestern gekauft und erst ein einziges Mal probiert hatte.

Plötzlich rief er den Gefängniswächter und hieß ihn zu den Herren der Signoria gehen und ihnen sagen, daß er sich unmöglich töten lassen könnte, er hätte keine Zeit. Er hatte zu viel zu tun. Das Leben konnte ihn nicht entbehren. Sein Vater war alt, und er war ja der einzige Sohn, er war es, der das Geschlecht fortsetzen sollte. Er, der die Schwestern zu verheiraten hatte, er, der den neuen Palast bauen, den neuen Weingarten pflanzen mußte.

Er war ein stattlicher junger Mann, er wußte nicht, was Krankheit war, nichts als Leben hatte er in den Adern. Sein Haar war dunkel und die Wangen rosig. Er konnte es nicht fassen, daß er sterben sollte. Wenn er daran dachte, daß man ihn wegriß von Spiel und Tanz und Karneval, vom Wettrennen nächsten Sonntag, von der Serenade, die er der schönen Giulietta Lombardi bringen wollte, da wurde er rasend vor Zorn über die Ratsherrn, so wie man über Diebe und Räuber außer sich gerät. Die Schurken, die Schurken, das Leben wollten sie ihm nehmen!

Aber je mehr Zeit hinging, desto größer wurde seine Trauer. Er trauerte um Licht und Wasser, um Himmel und Erde. Er dachte, daß er ein Bettler am Wege sein wollte, krank sein, hungern und frieren wollte er, wenn er nur leben durfte.

Er wünschte, daß alles mit ihm stürbe, daß nichts nach ihm übrig bliebe. Das wäre ein großer Trost gewesen.

Aber daß den nächsten Tag und alle Tage Leute auf den Markt kommen würden und handeln und Frauen Wasser vom Brunnen holen und Kinder über die Straße laufen und er es nicht sehen sollte, das konnte er nicht ertragen. Er beneidete nicht nur die, die prunken und Feste feiern konnten und glücklich waren. Er beneidete ebensosehr den elendsten Krüppel. Was er wollte, war einzig und allein das Leben.

Da kamen Priester und Mönche zu ihm.

Er wurde beinahe froh, denn nun hatte er jemanden, gegen den er seinen Zorn kehren konnte. Er ließ sie erst ein wenig reden, er war begierig zu hören, was sie einem so verunrechteten Manne sagen würden; aber als sie ihm sagten, er möge sich freuen, daß es ihm vergönnt sei, in seiner blühenden Jugend aus dem Leben zu scheiden und die himmlische Seligkeit zu gewinnen, da fuhr er auf und ergoß seinen Zorn über sie. Er höhnte Gott und die Himmelsfreuden, er bedurfte ihrer nicht. Das Leben wollte er und die Erde, Lust und Tand. Er bereute jeden Tag, an dem er sich nicht in irdischen Freuden gewälzt. Er bereute jede Versuchung, der er widerstanden. Was brauchte Gott sich um ihn zu bekümmern? Er empfand keine Sehnsucht nach seinem Himmel.

Doch als die Priester fortfuhren zu sprechen, packte er einen von ihnen an der Brust und würde ihn getötet haben, hätte sich nicht der Kerkermeister dazwischen geworfen. Sie ließen ihn nun binden und knebelten seinen Mund und predigten ihm, aber sobald er wieder reden konnte, raste er wie zuvor. Sie blieben stundenlang bei ihm, doch sie sahen, daß nichts fruchtete.

Als sie sich gar keinen anderen Rat mehr wußten, da schlug einer von ihnen vor, man möge die junge Caterina Benincasa zu ihm senden, der eine große Macht eigen war, trotzige Sinne zu beugen.

Wie der Perugier diesen Namen hörte, hielt er mitten in seinem Redestrom inne. In Wahrheit, das behagte ihm. Das war etwas ganz anderes, es mit einem jungen, schönen Mägdlein zu tun zu haben.

»Schickt mir die Jungfrau her«, sagte er.

Er wußte, daß sie eine junge Färberstochter war, die allein in Straßen und Gäßchen umherzog und predigte. Manche hielten sie für wahnsinnig, andere erzählten, daß sie Visionen hatte. Für ihn war sie immerhin eine bessere Gesellschaft als diese schmutzigen Mönche, die ihn ganz von Sinnen brachten.

So gingen die Mönche ihrer Wege, und er blieb allein. Kurz nachher öffnete sich die Türe aufs Neue, aber wenn die Geholte jetzt hereingekommen war, mußte sie mit sehr leichten Schritten gegangen sein, denn er hörte nichts. Er lag auf dem Boden, so wie er sich in seinem großen Unmut hingeworfen, nun war er zu müde, um sich zu erheben oder eine Bewegung zu machen oder auch nur aufzublicken. Er hatte die Arme mit Stricken zusammengeschnürt, die tief ins Fleisch einschnitten.

Nun fühlte er, wie jemand begann, diese Stricke zu lösen, eine warme Hand streifte seinen Arm, und er sah auf. Neben ihm lag ein kleines Wesen in weißer Dominikanertracht, Kopf und Hals so in weiße Schleier eingehüllt, daß von ihrem Antlitz gerade so viel sichtbar wurde wie von dem eines Ritters, wenn er einen Helm trägt mit heraufgeschlagenem Visir.

Sie sah gar nicht so fromm aus, sie war wohl leicht aufgebracht. Er hörte, wie sie etwas murmelte von den Gefängnisknechten, die die Stricke zugezogen. Es schien, als sei sie zu keinem anderen Zwecke gekommen, als sich um die Knoten zu mühen. Sie war ganz davon erfüllt, sie zu lösen, ohne ihm wehe zu tun. Endlich mußte sie die Zähne zu Hilfe nehmen, und da ging es. Sie schnürte den Strick mit leichten Bewegungen auf, nahm dann die kleine Flasche, die sie am Gürtel trug, und goß ein paar Tropfen daraus auf die zerschnittene Haut.

Er lag da und blickte sie immerzu an, aber sie begegnete seinem Blicke nicht und schien nur auf das bedacht, was sie unter den Händen hatte. Es war, als läge ihr nichts so ferne, als daß sie hier weilte, um ihn zum Tode vorzubereiten.

Er war jetzt so ermüdet von seiner Aufwallung und gleichzeitig so beruhigt durch ihre Gegenwart, daß er bloß sagte:

»Ich glaube, ich möchte schlafen.«

»Es ist eine wahre Schmach, daß sie Dir kein Stroh gebracht haben«, sagte sie.

Sie sah sich einen Augenblick unschlüssig um, dann kam sie und ließ sich auf dem Boden hinter ihm nieder und legte seinen Kopf auf ihre Knie.

»Ist Dir jetzt besser?« sagte sie.

Nie in seinem Leben hatte er sich so ruhevoll gefühlt.

Aber schlafen konnte er doch nicht, sondern er lag da und blickte empor zu ihrem Antlitz, das gelblichweiß war und durchsichtig. Solchen Augen war er nie zuvor begegnet. Sie blickten stets weit, weit fort, sie sahen in eine andere Welt hinein, indes sie ganz unbeweglich dasaß, um seinen Schlummer nicht zu stören.

»Du schläfst nicht, Nicola Fungo«, sagte sie und sah unruhig aus.

»Ich kann nicht schlafen«, erwiderte er, »denn ich liege da und denke nach, wer Du sein magst.«

»Ich bin die Tochter Luca Benincasas, des Färbers, und seiner Ehefrau Lapa. Unser Haus liegt in der Talsenkung unter dem Dominikanerkloster.«

»Ich weiß«, sagte er, »und ich weiß auch, daß Du in den Straßen umhergehst und predigst. Und daß Du die Nonnentracht genommen und das Gelübde der Keuschheit abgelegt hast, weiß ich auch. Aber dennoch weiß ich nicht, wer Du bist.«

Sie wandte den Kopf ein wenig ab. Dann sagte sie flüsternd, wie eine, die ihre erste Liebe bekennt:

»Ich bin Christi Braut.«

Er lachte nicht; doch er fühlte einen Stich im Herzen, ganz wie vor Eifersucht. »Ah, Christus!« sagte er, als hätte sie sich weggeworfen.

Sie hörte, daß Verachtung im Tone lag, aber sie nahm es, als meinte er, sie wäre vermessen.

»Ich begreife es selbst nicht«, sagte sie, »aber es ist so.«

»Das ist eine Einbildung oder ein Traum«, erwiderte er.

Sie wandte ihm ihr Antlitz zu. Es leuchtete rosig von dem Blute, das unter der durchsichtigen Haut aufgestiegen war. Es dünkte ihm mit einemmale, daß sie schön sei wie eine Blume, und er wurde ihr gut. Sie regte die Lippen, wie um zu sprechen, doch es kam kein Laut über sie.

»Wie soll ich das glauben können?« beharrte er.

»Ist es Dir nicht genug, daß ich hier bei Dir im Kerker bin?« fragte sie mit erhobener Stimme. »Ist es eine Freude für ein junges Mägdelein, wie ich es bin, zu Dir und zu anderen Verbrechern in ihre trüben Gefängnishöhlen zu gehen, eine Zielscheibe allen Hohns? Brauche ich nicht Schlaf wie andere und muß doch jede Nacht aufstehen und zu den Kranken des Hospitales gehen? Habe ich nicht Furcht wie andere und muß doch zu den hochfürnehmen Herren wandern auf ihr Schloß und ihnen ins Gewissen sprechen? Zu den Pestkranken muß ich gehen, alle Laster, alle Sünde schauen. Wann sahst Du je eine Jungfrau all dies tun? Und ich muß es doch.«

»Ach, Du Arme«, sagte er und strich sachte über ihre Hand. »Du Arme.«

»Denn ich bin nicht kühner oder klüger oder stärker als irgend eine andere«, sagte sie. »Es fällt mir ebenso schwer solches zu tun, wie allen anderen Jungfrauen. Du siehst es ja. Bin ich nicht hergekommen, um mit Dir von Deiner Seele zu reden, und habe doch gar nicht gewußt, was ich Dir sagen soll.«

Es war wunderlich, wie ungerne er sich überzeugen ließ. »Du magst Dich dennoch irren«, sagte er. »Woher weißt Du, daß Du Dich Christi Braut nennen kannst?«

Ihre Stimme begann zu beben, und es war, als müßte sie sich das Herz aus der Brust reißen, indem sie antwortete:

»Es fing zeitlich bei mir an, ich war nicht mehr als sechs Jahre alt. Da ging ich eines Abends mit meinem Bruder über die Wiese unter der

Dominikanerkirche, und gerade wie ich meine Augen zur Kirche erhob, sah ich Christus auf einem Thron sitzen, umgeben von aller Macht und Herrlichkeit. Er war in leuchtende Gewänder gekleidet wie der heilige Vater in Rom, sein Haupt war von paradiesischem Lichte umgeben, und rings um ihn standen Pietro, Paolo und Giovanni der Evangelist. Und wie ich ihn betrachtete, da drang in mein Herz eine solche Liebe und heilige Wollust ein, daß ich es kaum zu ertragen vermochte. Er erhob die Hand und segnete mich, und ich sank zu Boden und war so entzückt vor Seligkeit, daß mein Bruder mich beim Arme ergriff und schüttelte. Seither, Nicola Fungo, habe ich Jesus geliebt wie meinen Bräutigam.«

Doch er wendete wieder ein: »Du warst ein Kind damals. Du bist auf der Wiese eingeschlafen und hast geträumt.«

»Geträumt«, wiederholte sie, »sollte ich wohl alle die Male geträumt haben, da ich ihn gesehen? Sollte es ein Traum sein, als er in der Kirche zu mir kam in Gestalt eines Bettlers und mich um ein Almosen bat? Da war ich doch ganz wach. Und hätte ich nur um eines Traumes willen durch so viel Leiden gehen können, als mir jungem Mägdlein widerfuhr, weil ich keine Ehe schließen wollte?«

Doch Nicola blieb noch hartnäckig, denn er konnte es nicht ertragen, daß sie umherging und eine andere Liebe im Herzen trug. »Aber wenn Du auch Christus liebst, o Jungfrau, woher weißt Du, daß er Dich wiederliebt?«

Sie lächelte ihr fröhlichstes Lächeln und schlug die Hände zusammen wie ein Kind. »Das sollst Du hören, das sollst Du hören«, sagte sie. »Nun will ich Dir das Allerwichtigste sagen. Es war eine Nacht in den Fasten. Ich hatte Frieden mit den Eltern geschlossen und ihre Erlaubnis erwirkt, das Gelübde der Keuschheit abzulegen und die Nonnentracht zu nehmen, obgleich ich noch stets in ihrem Hause wohnte. Und es war Nacht, wie ich Dir gesagt, aber es war die letzte des Karnevals, so daß alle die Nacht zum Tage machten. Es war ein Fest auf allen Gassen, die Balkone hingen wie Vogelbauer an den Mauern der großen Paläste und waren ganz mit seidenen Tüchern und Fahnen verkleidet und mit edlen Damen besetzt. Ich sah all ihre Schönheit im Schimmer der roten, rauchenden Fackeln, die in Bronzehältern staken, Reihe um Reihe, bis hinauf zum Dachfirst. Doch über die bunten Gassen kamen die Fahrenden in Wagen, und alle Götter und Göttinnen und alle Tugenden und Schönheiten wallten in langen Zügen dahin. Aber dazwischen gab es ein Spiel der Masken und eine Lustigkeit, so daß Du nie, o Herr, bei etwas Fröhlicherem warst.

Und ich floh in meine Kammer, aber ich hörte doch das Gelächter von der Straße, und nie habe ich Menschen so lachen hören, es war so lieblich und klangvoll, daß die ganze Welt mitlachen mußte, und sie sangen Weisen, die gewiß böse waren, aber sie klangen so unschuldig und brachten solche Freude mit sich, daß das Herz erzitterte, so daß ich mitten im Gebete mich fragen mußte, warum ich nicht mit dort draußen war, und es zog und lockte mich so unwiderstehlich, als wäre ich an ein scheues Pferd gebunden. Aber nie zuvor habe ich so zu Christus gebetet, daß er mir zeigen möge, was sein Wille mit mir sei. Und da hörte plötzlich aller Lärm auf. Eine große, wunderbare Stille war um mich, und ich sah eine grüne Wiese, wo die Gottesmutter unter Blumen saß, und in ihrem Schoße lag das Jesuskind und spielte mit Lilien. Und ich eilte hinzu mit großen Freuden und sank auf die Knie vor dem Kinde und war plötzlich voll Frieden und Ruhe, und da schob das heilige Kind einen Ring auf meinen Finger und sagte zu mir: ›Wisse es, Caterina, daß ich heute mit dir mein Verlobungsfest feiere und dich an mich binde mit der stärksten Treue!‹«

»O, Caterina!«

Der junge Perugier hatte sich auf dem Boden umgedreht, so daß er sein Antlitz in ihrem Schoß vergraben konnte. Es war, als ertrüge er es nicht, zu sehen, wie sie strahlte, während sie sprach, und wie die Augen wie klar schimmernde Sterne wurden. Es gingen Schmerzensschauer durch seinen Körper. Denn indes sie sprach, war ein großer Kummer in ihm aufgekeimt. Das kleine Jungfräulein, das weiße, kleine Jungfräulein, das sollte er niemals gewinnen. Ihre Liebe gehörte einem anderen an, konnte nie sein werden. Es lohnte nicht einmal, ihr zu sagen, daß er ihr gut war. Aber er litt, sein ganzes Wesen zitterte in Liebesqual. Wie sollte er leben können ohne sie? Da fuhr er auf. Da war es ihm beinahe ein Trost zu denken, daß er zum Tode verurteilt war. Er brauchte nicht zu leben und sie zu entbehren.

Nun stieß das Mägdlein hinter ihm einen tiefen Seufzer aus und kehrte von den Himmelsfreuden zurück, um an die armen Menschen zu denken. »Ich vergesse, mit Dir von Deiner Seele zu sprechen«, sagte sie. Da dachte er: Sieh, diese Bürde kann ich ihr doch erleichtern.

»Schwester Caterina«, sagte er, »ich weiß nicht, welcher himmlische Trost sich auf mich gesenkt hat. In Gottes Namen, ich will mich auf den Tod vorbereiten. Du kannst Priester und Mönche rufen, und ich werde ihnen beichten. Aber eines mußt Du mir geloben, bevor Du gehst. Du wirst zu mir kommen, morgen, wenn ich sterben soll, und wirst meinen Kopf zwischen Deinen Händen halten, so wie Du es jetzt tust.«

Als er dies sagte, begann sie zu weinen, und eine unsägliche Freude erfüllte sie. »Nicola Fungo, wie glücklich bist Du!« sagte sie. »Du kommst vor mir ins Paradies.« Und sie begann sachte sein Haar zu streicheln.

Und er sagte wieder: »Du kommst zu mir, morgen, auf den Marktplatz, vielleicht werde ich sonst bange, vielleicht kann ich nicht mit Standhaftigkeit sterben. Aber wenn Du da bist, werde ich nur Freude empfinden, und alle Furcht wird von mir weichen.«

»Ich sehe Dich nicht mehr als ein armes Menschenkind«, sagte sie, »als ein Einwohner des Himmels erscheinst Du mir. Es ist mir, als strahltest Du Licht aus, als umschwebte Dich Weihrauch. Es strömt auf mich Seligkeit über von Dir, der Du so bald dem geliebten Bräutigam begegnen wirst. Sei gewiß, ich werde kommen und Dich sterben sehen.« Hierauf führte sie ihn zu Beichte und Abendmahl. Er machte es durch wie ein Schlummernder; Todesfurcht und Lebenssehnsucht hatten ihn verlassen. Er wünschte den Morgen herbei, an dem er sie wieder sehen sollte, er dachte bloß an sie und an die Liebe, die ihn für sie erfaßt hatte. Zu sterben dünkte ihm jetzt etwas ganz geringes gegen den Schmerz, daß sie ihn niemals lieben würde.

Die Jungfrau schlief nicht viel in dieser Nacht, und zeitlich morgens war sie auf dem Richtplatz, um seiner zu harren. Sie rief unablässig Jesu Mutter an, Maria, und die heilige Katharina von Ägypten, die Jungfrau und Märtyrerin, seine Seele zu retten. Unablässig sagte sie: »Ich will, daß er erlöst werde, ich will, ich will.«

Aber sie hatte Angst, daß ihre Gebete fruchtlos sein würden, denn sie empfand nicht mehr jene Begeisterung, die am vorigen Abend über ihr gewesen, nur ein unsägliches Mitleid fühlte sie mit ihm, der sterben sollte. Bloß Kummer und Schmerz waren über ihr.

Langsam füllte sich der Marktplatz mit Menschen. Die Henkersknechte marschierten auf, die Büttel kamen, es war Lärm und Geplauder ringsum, aber sie merkte und hörte nichts. Ihr war, als wäre sie ganz allein. Als er kam, ging es ihm ebenso. Er hatte keine Gedanken an all die anderen, er sah bloß sie. Aber als er beim ersten Blicke sah, wie ihr Antlitz aufgelöst war in Schmerz, da leuchtete er auf und wurde beinahe froh. Und laut rief er ihr zu: »Heute Nacht hast Du nicht geschlafen, Jungfrau.«

»Nein«, sagte sie, »ich habe im Gebete für Dich gewacht, aber jetzt bin ich in Verzweiflung, denn meine Gebete haben keine Kraft.«

Er ließ sich auf den Richtblock nieder, und sie lag auf den Knieen davor, damit sie seinen Kopf zwischen ihren Händen halten konnte.

»Nun ziehe ich aus, Deinem Bräutigam zu begegnen, Caterina.«

Sie schluchzte immer heftiger. »Ich kann Dich so schlecht trösten«, sagte sie.

Er sah sie an mit einem wunderbaren Lächeln. »Deine Tränen sind mein bester Trost.«

Der Büttel stand neben ihnen mit gezogenem Schwerte, aber sie winkte ihn zurück, um noch einige Worte mit dem Verurteilten zu sprechen.

»Bevor Du kamst«, sagte sie, »legte ich mich hier auf diesen Richtblock hin, um zu versuchen, ob ich es ertragen könnte. Und da fühlte ich, daß ich noch Grauen vor dem Tode hatte, daß ich Jesus nicht genug liebe, um in dieser Stunde sterben zu wollen. Und ich will auch nicht, daß Du sterben sollst, und meine Gebete haben keine Kraft.«

Als sie dieses gesagt, dachte er: Wenn es mir vergönnt gewesen wäre, zu leben, würde ich sie dennoch gewonnen haben, und er war froh, daß er sterben sollte, bevor es ihm gelungen war, die strahlende Himmelsbraut zur Erde hinabzuziehen.

Aber als er seinen Kopf in ihre Hände gelegt, da kam über sie beide ein großer Trost. »Nicola Fungo«, sagte sie, »ich sehe den Himmel sich auftun. Engel schweben hinab, um Deine Seele zu empfangen.« Ein verwundertes Lächeln zog über sein Antlitz. Sollte das, was er um ihretwillen getan, das Himmelreich verdienen? Er erhob seine Augen, um zu sehen, was sie sah, da fiel die Axt des Büttels.

Aber sie sah die Engel immer tiefer und tiefer hinabschweben, sah sie seine Seele emporheben, sie gen Himmel tragen.

* * *

Daß sie all diese fünfhundert Jahre weiter gelebt hat, erscheint mit einemmale so natürlich. Wie sollte man sie vergessen können, das sanfte, kleine Jungfräulein, das große, liebende Herz? Wieder und wieder muß man zu ihrem Preise singen, so wie es jetzt in den kleinen Kapellen gesungen wird –:

Pia Mater et humilis,
Naturae memor fragilis,

In hujus vitae fluctibus
Nos rege tuis precibus.
Ora pro nobis.
Ut digni efficiamur promissionibus Christi.
Santa Caterina, ora pro nobis.

Das Schatzkästlein der Kaiserin

Der Bischof hatte Pater Verneau zu sich bescheiden lassen. Es handelte sich um eine höchst peinliche Angelegenheit. Pater Verneau war ausgesandt worden, um in einem Fabrikdistrikt in der Gegend von Charleroi zu predigen, war aber gerade mitten in eine große Arbeitseinstellung geraten, bei der die Arbeiter ziemlich wild und zügellos gewesen waren. Er berichtete dem Bischof, daß er gleich bei seiner Ankunft auf der »schwarzen Erde« einen Brief von einem Arbeiterführer erhalten hatte, des Inhalts, daß es ihm frei stand zu reden; aber, wenn er sich erlaubte, in seiner Predigt Gott zu nennen – gerade heraus oder auf Schleichwegen – dann sollte ein Spektakel in der Kirche losgehen. »Und als ich auf die Kanzel trat und die Versammlung sah«, sagte der Pater, »zweifelte ich nicht daran, daß sie ihre Drohung ausführen würden.«

Pater Verneau war ein kleiner, vertrockneter Mönch. Der Bischof sah auf ihn herab, wie auf ein Wesen anderer Art. Solch ein unrasierter, ein bißchen schmutziger Mönch mit dem allerunbedeutendsten Gesicht mußte offenbar feig sein. Er hatte ja sogar Angst vor ihm, dem Bischof.

»Es ist mir auch vermeldet worden«, sagte der Bischof, »daß Sie den Wunsch der Arbeiter erfüllt haben. Aber ich brauche wohl nicht erst hervorzuheben …«

»Monseigneur«, unterbrach Pater Verneau in aller Demut. »Ich glaubte, daß die Kirche wenn möglich störenden Auftritten aus dem Wege gehen solle.«

»Aber eine Kirche, die es nicht wagt, Gottes Namen zu nennen …«

»Haben Monseigneur meine Predigt gehört?«

Der Bischof ging im Zimmer auf und ab, um sich zu beruhigen.

»Sie wissen sie natürlich?« sagte er.

»Natürlich, Monseigneur.«

»Lassen Sie sie mich also hören, wie sie gehalten wurde, Pater Verneau, Wort für Wort, ganz wie sie gehalten wurde.«

Der Bischof setzte sich in seinen Lehnstuhl. Pater Verneau blieb stehen.

»Mitbürger und Mitbürgerinnen«, begann er, augenblicklich in seinen Vortragston verfallend.

Der Bischof zuckte zusammen.

»Sie lieben es, so angeredet zu werden, Monseigneur.«

»Tut nichts, Pater Verneau«, sagte der Bischof. »Fahren Sie fort!«

Den Bischof durchfuhr ein leichter Schauer; diese beiden Worte hatten ihn auf wundersame Art in die Situation versetzt. Er sah diese Versammlung der Kinder der »schwarzen Erde« vor sich, zu der Pater Verneau gesprochen. Er sah viele rohe Gesichter, viele Lumpen, viele wilde Lustigkeit. Er sah das Volk, für das nichts geschehen war.

»Mitbürger und Mitbürgerinnen«, begann Pater Verneau aufs neue, »es gibt hier im Lande eine Kaiserin, namens Maria Theresia. Sie ist eine ausgezeichnete Regentin. Sie ist die Weiseste und Vortrefflichste, die es in Belgien je gegeben.

Andere Regenten, Mitbürger, andere Regenten bekommen Nachfolger nach ihrem Tode und verlieren alle Macht über ihr Volk. Nicht so die große Kaiserin Maria Theresia, vielleicht hat sie den Thron in Österreich und Ungarn verloren; vielleicht sind Brabant und Limburg zu anderen Herren übergegangen, mit nichten ihre gute Grafschaft Westflandern. In Westflandern, wo ich diese letzten Jahre gelebt habe, kennt man noch heute keinen anderen Herrscher, als Maria Theresia. Wir wissen, daß König Leopold in Brüssel wohnt, aber er kümmert uns nicht. Maria Theresia ist es, die noch immer am Meere regiert.

Und vor allem in den Fischerdörfern. Je weiter hinaus zum Meere man kommt, desto allmächtiger regiert sie.

Nicht die große Revolution und nicht das Kaiserreich und nicht die Holländer haben Macht genug gehabt, sie zu stürzen. Wie sollten sie? Sie haben nichts für die Kinder des Meeres getan, das sich mit ihrer Wirksamkeit vergleichen ließe. Was hat sie nicht dem Volke auf den Dünen geschenkt! Es ist unschätzbar, Mitbürger!

Vor ungefähr 150 Jahren, im Anfange ihrer Regierungszeit machte sie eine Reise durch Belgien. Da kam sie nach Brüssel und Brügge, sie kam nach Lüttich und Louvain, aber als sie endlich genug große Städte und bildergeschmückte Rathäuser geschaut hatte, zog sie hinaus an die Küste, um das Meer und die Dünen zu sehen.

Es war kein froher Anblick für sie. Sie sah das Meer größer und allmächtiger, als daß ein Mensch dagegen streiten konnte. Sie sah die Küste hilflos und unbeschützt. Da waren die Dünen, aber das Meer war einst über sie hinweggegangen und konnte es stets wieder tun. Da lagen auch einige Dämme, aber sie waren verfallen und eingesunken. Da sah sie versandete Häfen, da sah sie Marschland, so versumpft, daß nur Schilf und Binsen darin wachsen wollte, da sah sie vom Sturm zerrissene Fischerhütten, unterhalb der Dünen erbaut, gleichsam ins Meer hinausgeschleudert, und da sah sie armselige, alte Kirchen, die vom Meere weit hinaus zwischen Flugsand und Strandhafer in unzugängliche Wildnis getrieben waren.

Einen ganzen Tag weilte die große Kaiserin draußen am Meere; sie ließ sich von Überschwemmungen erzählen und von fortgespülten Dörfern. Sie ließ sich den Ort zeigen, wo eine ganze Landstrecke ins Meer versunken war. Sie ließ sich dorthin rudern, wo eine alte Kirche auf dem Meeresgrunde stehen sollte. Und sie ließ sich die Menschen aufzählen, die ertrunken waren, und das Vieh, das zu Grunde gegangen, als das Meer zum letzten Male in den Dünen war.

Den ganzen Tag lang dachte die Kaiserin in ihrem stillen Sinn: Wie soll ich diesem armen Volke auf den Dünen helfen? Ich kann dem Meere doch nicht verbieten zu steigen und zu sinken, ich kann ihm nicht untersagen, den Strand zu untergraben. Auch kann ich den Wind nicht binden, noch ihm verwehren, die Boote der Fischer umzustürzen. Und ebensowenig vermag ich Fische in ihr Garn zu führen, oder den Strandhafer in nährenden Weizen zu verwandeln. Kein Monarch der Welt ist so stark, daß er dieses arme Volk aus seinem Unglück zu erlösen vermöchte.

Der nächste Tag war ein Sonntag, und die Kaiserin hörte die Messe in Blankenberghe. Da war alles Küstenvolk von Dunkerque bis Sluis herbeigeströmt, um sie zu sehen. Aber vor der Messe ging die Kaiserin umher und sprach mit dem Volke.

Der Erste, der ihr begegnete, war der Hafenvogt von Nieuport. »Was gibt es Neues in Deiner Stadt?« fragte die Kaiserin. »Nichts Neues«, sagte der Hafenvogt, »außer daß Cornelius Ärtsens Boot gestern Nacht vom Wind umgestürzt wurde und man ihn heute morgen an unserer Küste fand, auf dem Bootskiel reitend.« – »Noch ein Glück, daß er mit dem Leben davongekommen ist«, sagte die Kaiserin.

»Das kann niemand wissen«, sagte der Hafenvogt, »denn er war wahnsinnig, als man ihn ans Land brachte.« – »Wohl aus Schrecken?« sagte die Kaiserin. »Ja«, sagte der Hafenvogt, »es kam daher, daß wir in Nieuport nichts haben, auf das wir in der Stunde der Not vertrauen können. Cornelius wußte, daß seine Frau und die kleinen Kinder Hungers sterben müßten, wenn er umkam, und dieser Gedanke brachte ihn wohl von Sinnen.« – »Das ist es also, was Euch hier draußen auf den Dünen not tut«, sagte die Kaiserin, »etwas, auf das Ihr vertrauen könnt.« – »Das ist es«, sagte der Hafenvogt, »das Meer ist unsicher, der Boden ist unsicher, Fischfang und Verdienst sind unsicher. Etwas, worauf wir vertrauen können, das brauchen wir.« Die Kaiserin ging weiter, bis sie zum Pfarrer von Heyst kam. »Was gibt es Neues in Heyst?« sagte sie zu ihm. »Nichts Neues«, antwortete er, »es sei denn, daß Jakob van Ravesteyn aufgehört hat, das Marschland einzudeichen, am Hafen zu graben, einen Leuchtturm zu errichten und überhaupt alle nützliche Arbeit aufgab, die er unter den Händen hatte.« – »Aber, wie kommt das nur?« sagte die Kaiserin. »Er hat eine Erbschaft gemacht«, sagte der Pfarrer, »und jetzt erscheint sie ihm geringer, als er erwartet hatte.« – »Aber da hat er doch etwas Sicheres«, sagte die Kaiserin. »Ja, gewiß«, erwiderte der Pfarrer. »Aber nun, da er das Geld in der Hand hat, wagt er sich an kein großes Werk, aus Furcht, daß es nicht hinreiche.« – »Also wäre etwas grenzenlos Großes vonnöten, um Euch in Heyst zu helfen«, sagte die Kaiserin. »So ist es«, pflichtete der Pfarrer bei, »es ist unendlich viel zu tun, und nichts kann geschehen, bevor man nicht weiß, daß unendlich viel da ist, um daraus zu schöpfen.«

Die Kaiserin schritt weiter, bis sie zum Lootsenältesten von Middelker-ke kam und ihn nach Neuigkeiten aus seiner Stadt fragen konnte. »Nichts Neues weiß ich zu berichten«, sagte der Lootsenälteste, »nichts, als daß Jan van der Meer in Streit mit Luca Neerwinden geraten ist.« – »Wirk-lich?« sagte die Kaiserin. »Ja, sie haben diesen Dorschgrund gefunden, nach dem sie beide ihr Leben lang gesucht haben. Seit altersher hörten sie davon erzählen und streiften auf dem Meere umher, um ihn zu finden und waren allezeit die besten Freunde; aber jetzt, seit sie ihn gefunden, sind sie Feinde geworden.« – »So wäre es also besser gewesen, sie hätten ihn nie entdeckt«, sagte die Kaiserin. »Ja«, sagte der Lootsenälteste, »gewiß wäre es besser gewesen.« – »So müßte wohl das, das Euch in Middelkerke helfen sollte«, sagte die Kaiserin, »so gut verborgen sein, daß niemand es finden könnte.« – »Allerdings«, bestätigte der Lootsenälteste, gut ver-borgen müßte es sein, denn, wenn jemand es fände, gäbe es nur Zwist und Zank darüber, oder es würde auch gleich verbraucht, und da täte es keinen Nutzen mehr.«

Die Kaiserin seufzte und fühlte, daß sie nichts vermochte. Sie ging dann in die Messe, und die ganze Zeit über lag sie auf den Knieen und betete, daß sie dennoch dem Volke helfen könnte. Und, mit Euerer Er-laubnis, Mitbürger, gegen Ende der Messe war es ihr klar geworden, daß es besser sei, wenig zu tun, als nichts. Als die Leute aus der Messe kamen, stellte sie sich auf die Kirchentreppe, um zu ihnen zu reden.

Keiner aus Westflandern wird je vergessen, wie sie damals aussah. Schön war sie wie eine Kaiserin und auch so angetan. Sie hatte sich Krone und Mantel reichen lassen und hielt das Zepter in der Hand. Sie hatte hochgekämmtes, weißgepudertes Haar, und eine Schnur großer, echter Perlen ringelte sich durch die Haarwellen. Sie war in rote, leuchtende Seide gekleidet, aber das ganze Gewand war mit vlämischen Spitzen überzogen. Rote, hochhackige Schuhe trug sie mit großen Juwelenspangen über dem Rist. So sieht sie noch heute aus, wenn sie Westflandern regiert.

Nun sprach sie zu den Küstenbewohnern und tat ihnen ihren Willen kund. Sie sagte ihnen, wie sie auf Hilfe gesonnen. Sie sagte, sie wüßte wohl, daß sie das Meer nicht zur Stille zwingen könnte, oder die Winde festbinden, daß es nicht in ihrer Macht stände, den Fischstrom an die Küste zu leiten, oder den Strandhafer in Weizen zu verwandeln. Aber was sie armes Menschenkind für sie tun könnte, das sollte doch geschehen.

Sie lagen alle auf den Knieen, indes sie sprach. Nie zuvor hatten sie ein so mildes und mütterliches Herz für sich schlagen gefühlt. Die Kaiserin sprach mit ihnen von ihrem harten Leben so, daß sie begannen, über ihr Mitleid zu weinen.

Aber jetzt, sagte die Kaiserin, hätte sie beschlossen, ihr Schatzkästlein mit allem, was es bergen konnte, ihnen zurückzulassen. Das sollte ihre Gabe für alle jene sein, die draußen auf den Dünen wohnten. Es war die einzige Hilfe, die sie leisten konnte, und sie bat sie, zu verzeihen, daß dieselbe so gering war. Und sie hatten Tränen in den Augen, auch sie, als sie dieses sagte.

Sie fragte sie nun, ob sie versprechen und beschwören wollten, den Schatz nicht zu gebrauchen, bevor die Not unter ihnen so groß wäre, daß sie nicht mehr größer werden könnte. Und weiter, ob sie schwören wollten, daß sie ihn ihren Nachkommen vererben würden, wenn sie selbst seiner nicht bedurften. Und schließlich bat sie jeden einzelnen Mann, zu geloben, daß er nicht trachten würde, sich des Schatzes für sein eigen Teil zu bemächtigen, sondern erst die ganze Fischerbevölkerung hören wollte.

Ob sie schwören wollten? Das wollten sie alle. Und sie segneten die Kaiserin und weinten Tränen der Dankbarkeit. Und sie weinte und sagte ihnen, sie wüßte wohl, daß sie eine nie versagende Stütze brauchten, um darauf zu vertrauen und unendliche Schätze und unsägliches Glück, aber das konnte sie ihnen nicht geben. Sie war nie so machtlos gewesen, als hier draußen auf den Dünen.

Mitbürger, ohne daß sie es wußte, kraft jener Regentenweisheit, die diesem großen Weibe angeboren war, ist es ihr gelungen, mehr zu erreichen, als sie im Auge hatte, und darum kann man sagen, daß sie noch heutigentages Westflandern regiert.

Es muß Euch eine Freude sein, von all den Segnungen zu hören, die sich durch die Gabe der Kaiserin über Westflandern verbreiteten. Die Leute dort draußen haben etwas, auf das sie vertrauen können, was ihnen sehr nottut, wie uns allen. Wie groß das Elend auch sein mag, es ergreift sie keine Verzweiflung.

Sie haben mir dort draußen gesagt, wie das Schatzkästlein der Kaiserin aussieht. Wie der Schrein der heiligen Ursula in Brügge, nur noch viel schöner. Es ist eine Nachbildung der Domkirche in Wien und aus reinem Golde verfertigt, aber auf den Seitenfeldern sieht man die Schicksale der Kaiserin im klarsten Alabaster abgebildet. Auf den vier Seitentürmchen leuchten die vier Diamanten, die die Kaiserin aus der Krone des türkischen Sultans genommen, und auf den Giebeln ist ihr Namenszug in Rubinen eingelegt. Aber wenn ich sie frage, ob sie den Schrein geschaut, da sagen sie, daß schiffbrüchige Seeleute, die in Lebensgefahr sind, stets den Schrein vor sich auf den Wellen schweben sehen, zum Zeichen, daß sie nicht um Weib und Kind verzweifeln mögen, wenn es sich so fügte, daß sie sie lassen müssen.

Aber diese sind die einzigen, die den Schatz gesehen, sonst kam ihm niemand nahe genug, um ihn zu zählen. Und ihr wißt, Mitbürger, daß die Kaiserin niemand sagte, wie viel er enthielt. Aber, wenn Ihr etwa daran zweifelt, wie segensreich er gewesen und noch ist, dann bitte ich Euch, gehet hinaus ans Meer und sehet selbst. Da hat es seither ein Graben und Bauen gegeben, und das Meer liegt jetzt hinter Dämmen gezähmt und gebändigt und tut keinen Schaden, und es gibt grüne Wiesen innerhalb der Dünen und Badeorte und wachsende Städte an der Meeresseite. Aber bei jedem Leuchtturm, der errichtet wurde, bei jedem Hafen, bei jedem Schiffe, das man zu bauen begann, bei jedem Damm, den man aufwarf, stets dachte man: Wenn die eigenen Mittel nicht reichen, so hilft unsere gnädige Kaiserin Maria Theresia. Aber das ist stets nur ein Sporn gewesen, das eigene Geld hat immer gereicht.

Ihr wißt auch, daß die Kaiserin nicht sagte, wo der Schatz sich befand. War das nicht wohlbedacht, Mitbürger? Einer hat ihn in Verwahrung, aber erst, bis alle sich entschlossen haben, ihn zu teilen, wird der, der den Schatz jetzt verwahrt, hervortreten und erzählen, wo er sich befindet. Darum weiß man, daß er weder jetzt, noch in Zukunft ungerecht verteilt werden wird. Er ist für alle gleich. Ein jeder weiß, daß die Kaiserin ebenso sehr an ihn denkt, wie an seinen Nachbar. Es kann kein Zwist und Neid, wie anderwärts, unter dem Volke draußen entstehen, denn sie haben das Beste gemeinsam.«

Der Bischof fiel Pater Verneau in die Rede.

»Genug«, sagte er, »wie gestalteten Sie den Schluß?«

»Ich sagte ihnen«, sagte der Mönch, »es sei ein großes Unglück, daß die gute Kaiserin nicht auch nach Charleroi gekommen war. Ich beklagte sie, weil sie ihr Schatzkästlein nicht besäßen. Bei den großen Dingen, die auszuführen sie sich vorgesetzt hätten, könnte ihnen gewiß nichts nötiger sein, sagte ich.«

»Nun?« fragte der Bischof.

»Ein paar Kohlrüben, Euer Hochwürden, und ein paar Pfiffe, aber da war ich schon von der Kanzel herunter. Sonst nichts.«

»Sie hatten verstanden«, sagte der Bischof, »daß Sie von Gottes Vorsehung zu ihnen sprachen.«

Der Mönch verneigte sich.

»Sie hatten verstanden, daß Sie ihnen zeigen wollten, daß diese Macht, die sie verhöhnen, weil sie sie nicht sehen, sich ferne halten muß. Daß sie mißbraucht werden würde, im selben Augenblick, in dem sie sich in vernehmbarer Form offenbarte. Ich beglückwünsche Sie.«

Der Mönch schritt, sich verneigend, auf die Türe zu. Der Bischof kam ihm nach, vor Wohlwollen strahlend.

»Aber das Schatzkästlein, sie glauben noch daran, die dort …?«

»Ob sie glauben! Gewiß, Monseigneur!«

»Aber der Schatz, war denn jemals ein Schatz da?«

»Mit Ihrer Erlaubnis, Monseigneur, ich habe geschworen.«

»Nun, nun, mir …« sagte der Bischof.

»Der Pfarrer von Blankenberghe hat ihn in Verwahrung. Er ließ ihn mich sehen. Es ist eine kleine Holzkiste mit Eisenbeschlägen.«

»Nun?«

»Und auf ihrem Boden liegen zwanzig blanke Mariatheresiataler.«

Der Bischof lächelte, wurde aber sogleich wieder ernsthaft. »Kann man solch eine Holzkiste mit der Vorsehung vergleichen?«

»Alle vergleiche hinken, Monseigneur. Alle Menschengedanken sind eitel.«

Pater Verneau verneigte sich noch einmal und glitt aus dem Empfangszimmer.

Zur Erinnerung an die heilige Brigitta

Rede, gehalten bei der Gedenkfeier in Vadstena

Vor fünfhundertfünfzig Jahren, im Juli 1373, liegt eine alte Frau krank in Rom in einem kleinen Häuschen am Campo de' Fiori ganz nahe dem Tiberufer. Das Haus, in dem sie weilt, ist unansehnlich, aber recht gut erhalten. Mit seinem Ziergarten, seinen kleinen, kühlen Stuben, seinem starken Tor macht es einen Eindruck von Sicherheit und Ordnung inmitten einer Stadt, wo die grasüberwucherten Straßen von den Trümmern eingestürzter Kirchen versperrt sind, wo Erdbeben, Seuchen, Hungersnot und nie und nimmer rastende Blutsfehden die Bewohner an den Rand der Verzweiflung und Verwilderung gebracht haben.

Weder die Kranke noch jemand aus ihrer Umgebung glaubt, daß die Krankheit zum Tode führen werde. Sie leidet mehr an einer schweren Niedergeschlagenheit der Seele, und alle meinen, daß, wenn sie die nur erst überwunden hat, sie aufstehen und ihrer gewohnten Arbeit nachgehen wird.

Das Leben um sie nimmt auch seinen Fortgang wie alle Tage. Die ganze Straßenmauer ist von einer Reihe Krüppel und Kranker belagert, Frauen und Männer durcheinander. Eine alte Bettlerin, der nichts fehlt, sitzt zunächst dem Tor und fühlt sich all diesen Armen gegenüber als Hausfrau, denn sie hat, seit die heilige Frau aus dem Norden vor etwa zwanzig Jahren in Signora Papazuris Haus einzog, auf diesem selben Platze gesessen und Almosen in Empfang genommen.

Die unruhigen Kranken wenden sich der Bettlerin zu, die mit den Bewohnern des Häuschens so gut bekannt zu sein scheint, und verlangen Auskünfte über die große Wundertäterin, die sie zu Rate ziehen wollen, sie möchten gerne wissen, ob ihre Macht wirklich so groß ist, daß sie Hilfe erhoffen können.

Und die Bettlerin antwortet ihnen ebenso, wie sie all die vielen Jahre den anderen Hilfesuchenden geantwortet hat.

Was meinten sie wohl, warum saß sie, Monna Assunta, hier vor diesem Tor? Glaubten sie, sie säße hier, um Almosen zu erbitten? Aber da hätte sie sich doch ebensogut vor irgendeiner Kirche niederlassen können. Nein, sie saß hier, weil sie sich daran freute, den Gotteswundern beizuwohnen, der Gesundmachung der Kranken, der Heilung der Aussätzigen, die hier tagtäglich vor sich ging.

Sie erzählt den eifrig Lauschenden, wie die heilige Frau im Jubeljahr nach Rom kam, eine Pilgerin wie alle anderen, mit einem kleinen Geleite, alle in Pilgertracht. Aber welche Hoheit, welcher Adel hatte sie doch auch im Büßermantel umstrahlt! Jeder mußte es sehen, sie war eine Edelgeborene, eine Fürstin, ja, man flüsterte sich zu, daß sie in ihrem eigenen Lande eine Königin gewesen war.

Man behauptete, sie sei nach Rom gewandert, um die Genehmigung einer Klosterregel zu erlangen. Aber die alte Assunta wußte es besser. In diesen Zeiten, wo der Heilige Vater Rom verlassen hatte, um in Frankreich zu leben, da war die heilige Frau auf Gottes Geheiß hinge-kommen, um die Armen der Stadt zu trösten und den Kranken zu helfen. Nun, da die Herrlichkeit der großen Stadt vergangen war, ihre Kirchen in Trümmern, ihre Straßen verödet, ihre Kastelle eingestürzt, ihre Priester den Bettlern gleich, war diese Frau gekommen, um bis zur Wiederkehr des Heiligen Vaters den Elenden eine Mutter, den Hilflosen ein Hort zu sein.

Die mächtige Frau, von der die alte Assunta spricht, liegt unterdessen auf ihrem Bette und kämpft einen harten Kampf. Sie hält die Augen geschlossen, die Lippen fest zusammengepreßt, die Hände krampfhaft um ein kleines Kruzifix geschlungen. Der Schweiß perlt von der Stirn auf die Wangen herab. Sie liegt ganz still wie eine, die große Schmerzen leidet, aber niemanden ihr Leiden merken lassen will. Stimmen flüstern ihr unablässig so hohnvolle, grausige Worte ins Ohr, daß sie glaubt, sie kommen von bösen Geistern, die sie zum Abfall von Gott verleiten wollen.

Die bösen Geister kennen ihren verwundbarsten Punkt. Sie wollen ihr beweisen, daß die Gesichte und Offenbarungen, die ihr Erhebung und Labsal waren, nichts andres sind als ihr teuflisches Werk.

»Und wenn du, Brigitta Birgerstochter«, sagen sie, »noch glaubst, daß du zu Gottes Angesicht erhoben wardst, daß du das milde Antlitz der Mutter Gottes geschaut und die lobsingenden Engel ihren Schöpfer preisen gehört hast, so mußt du dich wohl jetzt in deinem hohen Alter von solchem Irrtum lossagen.

Denn daß dies ein Irrtum und nichts andres ist, werden wir dir allso-gleich zeigen. Du sagst ja, Gott habe dir befohlen, eine Klosterregel zu stiften und ein Kloster in Vadstena zu erbauen, und ebenso glaubst du das Gelöbnis des Herrn empfangen zu haben, daß du eine Nonne in diesem Kloster und seine erste Äbtissin sein wirst, sintemalen es stets dein größtes Verlangen war, ein Leben fern von der Welt zu führen, bis daß du in Gottes Reich eingehen darfst.

Aber wenn diese Verheißungen dir wirklich von Gott gegeben wären, dann wären sie wohl auch ungesäumt in Erfüllung gegangen, denn Gott ist allmächtig. Aber siebenundzwanzig Jahre mußtest du warten, bis der Papst sich bewegen ließ, deine Regel zu genehmigen, und du mußtest es dulden, daß er Änderungen an den Bestimmungen vornahm, die dir von Gott gegeben waren. Darum, Brigitta, mußt du einsehen, daß dieser Befehl, einen Orden zu gründen, dir nicht von Ihm gegeben sein kann, der allmächtig ist und Herr über die Welt.

Und ferner, da Gott wahrhaftig ist, kann es unmöglich Er sein, der dir versprochen hat, daß du Nonne und Äbtissin in Vadstena werden sollst. Denn du bist nun alt und schwach, und du fühlst wohl, daß du in Rom sterben mußt. Sondern der dir dies versprach, das war der gefallene Engel in der Hölle, der dich gelockt und verleitet hat.«

Die Greisin versucht zu widersprechen und Einwände zu erheben, aber mit schrillen, zornigen Stimmen antworten sie ihr und häufen Beweis auf Beweis, daß sie das ganze Leben lang nur in ihrem Dienste gewirkt hat.

Ab und zu tritt eine Frau in mittleren Jahren mit einem hellen, sanften Antlitz in das Zimmer und beugt sich über die Liegende. Sie wischt ihr den Schweiß von der Stirn und fragt, ob sie ihr nicht Hilfe und Linderung verschaffen kann. Aber die Alte ist in ihre Gedanken versunken. Sie scheint von der Gegenwart der anderen nichts zu wissen.

Da geht die jüngere Frau wieder in den Vorraum hinaus, um all jenen, die dort warten, zu sagen, daß ihre Mutter noch immer leidend ist und noch nicht zu ihnen sprechen kann.

Dort draußen sitzen einige von denen, die zu Frau Brigittas Hausstand in Rom gehören, und führen Gespräche im Flüsterton mit den vielen Menschen, Fremden und guten Freunden, die gekommen sind, um die nordische Seherin um Rat zu fragen.

Da sieht man Sendboten des Papstes Gregor in Avignon, die Aufschlüsse über eine göttliche Botschaft begehren, die Frau Brigitta ihm geschickt hat und die schwer zu deuten ist. Da sind nordische Pilger, die Botschaft aus Vadstena bringen und Anfragen wegen des Klosterbaues, der jetzt dort im Werke ist. Da sind vornehme Römerinnen, die Ratschläge für die zukünftige Laufbahn von Söhnen und Töchtern wünschen. Da sitzen bescheidenere Frauen, die Heilung für Gebreste suchen, wallfahrtende Mönche und Nonnen, die zu ihrem Seelentrost die sehen wollen, die so oft in ihren Träumen und Visionen Gott geschaut hat.

In einer Ecke sitzen einige Römerinnen im Gespräch. »Erinnert ihr euch, wie damals der Blitz in die große Glocke der Peterskirche einschlug?« sagt eine von ihnen. »Ganz Rom staunte und glaubte, daß etwas Böses bevorstünde, aber diese nordische Sibylle war die erste, die ihre Stimme erhob und das Zeichen dahin deutete, daß Papst Klemens sterben würde, und so geschah es auch.«

»Ja«, sagte die andere, »gewiß entsinne ich mich. Und ich erinnere mich auch, wie es Papst Urban erging. Er war ein frommer Mann. Vor einigen Jahren kam er aus Avignon hierher und blieb drei Jahre in Rom, aber die ganze Zeit sehnte er sich nach Frankreich zurück. Wie ein schleichender Dieb wollte er sich schließlich aus Rom fortstehlen, aber die Heilige, die dort drinnen ruht, bekam Kunde von seinem Vorhaben. Sie eilte ihm nach und erreichte ihn unterwegs. Und sie sagte ihm, daß, wenn er Rom verließe und nach Avignon zurückkehrte, Gott seine Tage verkürzen würde. Und Gott ließ seine Seherin nicht zuschanden werden, sondern da der Papst ihr nicht glaubte und in sein Land zurückkehrte, geschah es also, wie sie vorausgesagt hatte.«

Man erzählt ein Beispiel nach dem andern für ihre große Sehergabe. »Wahrlich«, sagt ein Mönch, »ist diese Frau nicht ein Sprachrohr Gottes: die Mächtigen beben vor ihren Strafgerichten, aber den Armen und Bekümmerten bringt sie Trost und Erquickung.«

»Was, Signora Lukrezia«, ruft eine Edeldame, die weiter vorne im Zimmer sitzt, »habt Ihr davon nicht gehört? Aber es soll wirklich wahr sein, daß Königin Johanna von Neapel in Liebe zu einem von Frau Brigittas Söhnen entbrannte, der sie auf der Wallfahrt zum Heiligen Lande begleitete, und ihn zu ihrem Gemahl machen wollte. Doch die Heilige widersetzte sich dem Willen der Königin, denn der Sohn war schon verheiratet und hatte daheim in Schweden eine Frau. Aber, Signora, was konnte das Verbot der alten Mutter bedeuten, wenn die Königin und der Sohn in der Sache einig waren? Sie hatte keine andere Zuflucht als ihre Bitten, den Greuel zu verhindern. Aber die Bitten dieser Frau sind mächtig, und Gott stand ihr auf die Weise bei, daß ihr Sohn von der Pest hinweggerafft ward, ehe noch die Ehe vollzogen werden konnte.«

So sitzt man in der Stille da und erzählt. Ohne daß man recht weiß wie, ist das Zimmer von Andacht und weihevoller Stimmung erfüllt. In der Kammer hier daneben, denkt man, liegt ein Mensch, der Gott gesehen hat, einer, der lieber den Tod auf seine Liebsten herabbeschwört, als daß er sie eine Todsünde begehen läßt.

Die helle, milde Frau, die die Tochter der Heiligen ist, Frau Katharina, öffnet wieder die Kammertüre und huscht hinein. Wahrend sie drinnen bei der Kranken verweilt, ist alles still. Einige der Unglücklichen, die erwartet haben, daß die wunderbare Braut Christi, die da ruht, sie von Krankheiten heilen würde, von denen sie sonst nirgendwo Genesung finden konnten, fallen auf die Knie und strecken die Arme nach der Türe aus. In den zitternden Händen halten sie Rosenkränze, und während die Perlen durch die Finger gleiten, flüstern sie Ave-Marias und Vaterunser.

Frau Karin hat die Türe offen gelassen, und aus dem Zimmer der Kranken dringt ein schwaches Stöhnen, ein leises Ächzen. Da werden alle im Vorraum von tiefem Mitleid ergriffen. Ihre Herzen wollen hinschmelzen bei dem Gedanken, daß die heilige Frau, die die Qualen so vieler Kranken gelindert, selbst dem Schmerz zum Opfer fallen muß. Mit einem Male sinken sie alle auf die Knie, alle strecken sie die Arme nach dem Krankenzimmer aus, alle beginnen sie zu beten.

Als Frau Karin zurückkommt, bleibt sie auf der Schwelle stehen, erstaunt, all diese Menschen in betender Stellung zu sehen. Mit einem raschen Entschluß läßt sie die Tür offen stehen, kniet neben den andern nieder und flüstert wie diese: *Pater noster qui es in coelo.*

Wie sie so liegt, der Kammer zugewandt, kann sie das abgezehrte Antlitz der Mutter sehen, und es jammert sie, daß die Greisin immer noch kämpfen muß, daß sie selbst nie den Frieden erlangen kann, den sie allen schenkt, die an sie glauben.

Aber wie Brausen von der Meeresküste, wie blütenduftgeschwängerter Wind dringen die geflüsterten Gebete in Frau Brigittas Kammer. Und plötzlich sieht die Tochter, wie die Spannung in den Zügen nachläßt, wie die geballten Hände sich lösen. Staunen und große Freude malt sich in dem Antlitz. Die Runzeln der Stirn glätten sich, der Mund lächelt, und die Wangen färben sich rosig.

Es ist nicht mehr Zeit vergangen, als daß Frau Karin ein Paternoster zu Ende beten konnte, da erhebt sich die Mutter klar wach im Bette und winkt sie zu sich. Sie eilt hinein und schließt die Türe hinter sich zu.

Nach einer kleinen Weile steht Frau Karin wieder vor den Betenden. Man sieht, daß sie sehr bewegt ist, ihre Stimme zittert, aber die Augen leuchten vor Freude.

»Meine liebe Mutter bittet mich, euch zu sagen, daß sie eine Zeitlang von den Heimsuchungen böser Geister arg gequält wurde. Aber heute nun hat sie Christus gesehen. Mit sanftem Antlitz offenbarte er sich ihr vor dem Altar, der in ihrem Kämmerlein steht. Und er sprach zu ihr, er habe an ihr getan, wie der Bräutigam zu tun pflegt, wenn er es eine Zeitlang unterläßt, sich seiner Braut zu zeigen, auf daß er desto inbrünstiger ersehnt werde. So hatte er meine Mutter einige Tage lang nicht besucht, weil dies ihre Prüfungszeit war.«

Hier hält Frau Karin inne und bewegt die Lippen ein Weilchen, bis sie die Stimme zu festigen vermag, so daß sie fortfahren kann:

»So sprach dann Christus zu meiner Mutter, sie sei nun genug geprüft, und sie solle sich auf eine große Freude gefaßt machen, denn am fünften Tage nach diesem wird sie zur Nonne und Äbtissin vor seinem Altar in Vadstena geweiht werden.

Und meine liebe Mutter läßt euch sagen, daß sie einige Tage der Ruhe braucht, um ihre zeitlichen Angelegenheiten recht zu ordnen, ehe sie daran geht, von der Welt Abschied zu nehmen. Aber sie bittet euch, am fünften Tage wiederzukommen und sich mit ihr zu freuen, daß sie nun erreicht hat, was von frühester Kindheit auf das allergrößte Sehnen und Verlangen ihrer Seele war.«

Da entfernten sich alle Besucher, trauernd, daß die große Seherin Rom verlassen würde, aber doch erhoben in ihrem Sinn, weil sie Gottes Gnade gegen seine Braut und Magd miterleben durften.

All jenen, die Frau Brigittas Hausstand in Rom angehören und gewohnt sind, ihre Offenbarungen zu sammeln und sich daran zu freuen, sowie die Kinder dieser Welt Schätze sammeln und sich an ihrem Glanze erfreuen, scheint diese letzte Botschaft die köstlichste, die ihr je zuteil wurde. Denn wenn sie auch in mancher Hinsicht dunkel ist, verstehen sie doch, daß ein großer Umschwung in ihrem Leben bevorsteht, und daß die lange Wallfahrt, die sie vor vierundzwanzig Jahren antrat, sich nun ihrem Ende zuneigt. Aber damit sind auch für sie alle die langen Pilgerjahre zu Ende. Sie können in ihr eigenes Land zurückkehren, wo sie Schutz und Schirm haben, und brauchen nicht mehr von fremden Gnaden zu leben. Das kleine treue Häuflein muß sich nicht zerstreuen, das erbauliche Zusammenleben mit Frau Brigitta braucht nicht aufzuhören. Die allermeisten denken wohl, mit ihr in das prächtige Klosterheim in Vadstena einzuziehen und ihr dort weiterzudienen.

Darum erfüllt eine große Freude ihre Herzen. Sie fühlen sich verjüngt und hoffnungsfroh. Längst versunkene Bilder schweben vor ihren Augen, sie sehen lichte Birkenhaine, kleine blinkende Seen und graue, bemooste Häuschen am Saume mächtiger schwarzgrüner Nadelwälder.

Noch lebt unter ihnen der alte Unterprior aus Aloastra, Petrus Olofson, der Frau Brigittas Begleiter war, seit sie Schweden verließ, der mit ihr den Pilgergang zu St. Nikolaus in Bari gegangen ist, zum heiligen Franciscus von Assisi, zum heiligen Andreas in Amalfi, der sie nach Neapel und Zypern begleitet und an ihrer Seite an den heiligen Stätten Palästinas gebetet hat. Er hat, was die Heiligen des Himmels zu Frau Brigitta gesprochen, ins Lateinische übersetzt und auch für alles Irdische auf den Reisen wie während des Aufenthalts in Rom Sorge getragen. Unerschrocken hat er sie durch höhnende, steinewerfende Volksmassen hindurchgeleitet, vorbei an umherstreifenden Räuberbanden, durch pestverseuchte Städte. Nun, nach all diesem mühseligen Umherziehen soll er endlich heimkehren können in eine stille Klosterzelle; zu einem Leben ohne Gefahren und Not, einzig erfüllt von Gebeten und friedlicher Arbeit.

Da ist ferner sein Freund und Gehilfe, Magister Petrus Olofson aus Skänninge, der die große Wundertäterin in Rom erst vor kurzem aufsuchte, bei der Übersetzungsarbeit mitwirkte und Frau Brigittas Beichtvater war. Wie muß er sich doch freuen, daß er nicht allein nach Schweden zurückzukehren braucht, sondern sein liebes Beichtkind in das bedrückte Vaterland mitnehmen kann, wo man nun so viel von ihrer Weisheit und Macht singen und sagen gehört.

In Rom weilt auch Frau Brigittas Sohn, Herr Birger Ulvsson, der vor einigen Jahren auf das Geheiß seiner Mutter herkam, um sie in das Heilige Land zu begleiten. Er ist ein frommer Mann, der ihr hierin gern zu Willen war, aber er hat Weib, Kinder und Ländereien daheim in Schweden, und nun müßte er heimkehren, um nach all dem zu sehen. Doch war er in Rom geblieben, weil er es nicht übers Herz brachte, seine Mutter in der Schwäche ihres Alters allein zu lassen.

Noch andere sind da, die sich des Aufbruchs freuen, aber unter ihnen allen am meisten die liebliche, fromme Frau Karin, die aus Sehnsucht nach ihrer Mutter vor mehr als zwanzig Jahren nach Rom kam und seither bei ihr geblieben war und ihr in allen Dingen gehorsam und untertänig gewesen ist. Mit der inbrünstigsten Freude denkt sie nun daran, daß sie ihre alte Mutter heimbringen kann und sie bald als mächtige Frau in Vadstena sehen wird. Denn die heilige Frau mußte ein hartes Leben führen, und das Herz tat der Tochter im Busen weh, wenn sie sie vor den Kirchen Roms sitzen und betteln sah oder wenn sie auf Wallfahrten in Kälte und Dunkelheit unter freiem Himmel übernachten mußte. Um ihrer Freude Luft zu machen, geht Frau Karin aus, Blumen und Ranken zu pflücken, die in den Ruinen Roms wuchern, und sie schmückt das kleine Häuschen am Campo de' Fiori, wie man es in Schweden zu Mittsommer tut.

Frau Brigitta selbst ist in diesen Tagen zumute wie jemandem, der nach harter Plage sein Ziel erreicht hat und sich nicht mehr zu mühen braucht, sondern ruhen kann. Nun träufelt sie nicht mehr Wachs in die Wunde an ihrem Arm, sie freut sich an Frau Karins Blumen, und sie läßt es zu, daß die Tochter ihr ein weiches Federkissen unter den Kopf schmiegt. Sie hält ihre Gedanken nicht so unverwandt wie sonst auf das Jenseits gerichtet, sondern spricht mit ihren Kindern, wie ihr Hab und Gut verteilt werden soll. Sie gibt Herrn Birger Ratschläge, wie er sich in den Bürgerkriegen daheim in Schweden verhalten möge.

Schließlich sagt sie ihren Kindern, daß die Zeit, die sie durchlebt hat, schwer war wie der Jüngste Tag und daß sie von Kindheit an ein Übermaß von Elend, Not und Krankheit geschaut hat. Sie war noch Zeuge, wie König Magnus' böse Söhne sich das Reich streitig machten, und als sie heranwuchs, sah sie, wie ein schwacher, willenloser König es zu Fall brachte. Und sie stand all dem, was geschah, nicht ferne, sowohl ihre eigenen Verwandten wie die ihres Mannes hatten zu den Großen und Mächtigen gehört, sie hatte von allen Beratungen vernommen und die Sorgen und die Verantwortung geteilt. Und ebenso war das arme, schutzlose Volk, das wußte, daß sie es um Christi willen liebte, oft mit seinen Kümmernissen zu ihr gekommen. Schmerz und schweres Weh hatten sie selbst heimgesucht. Sie hatte geglaubt, das Herz müßte ihr brechen, als sie ihren Mann verlor, den sie so sehr liebte. Viele Tränen hatte sie über ihren Sohn Karl sein ganzes Leben lang weinen müssen und ebenso über den Mann ihrer Tochter Martha, Herrn Sigurd Ribbing, der ein gottloses Leben führte.

Nie hatte eine solche Pest unter den Völkern gewütet wie zu ihrer Zeit, nie zuvor hatten sich die Kriegsheere in Räuberhorden verwandelt, die die Länder ausplünderten. Auch hier in Rom hatte sie schwere Enttäuschung erleben müssen, denn die Stadt war wie ein Himmel ohne

Sonne gewesen, da der Papst nicht mehr dort weilte, und der Papst, den sie endlich da einziehen sah, hatte sich wieder schmählich davongeschlichen. Die Armut hatte ihr hier in Rom arg zugesetzt, und Müdigkeit, Kälte und Hunger auf den Wallfahrten. Auch hatte es sie sehr gequält, daß sie vor Fürsten, vor hohe Prälaten und auch vor wilde, aufgehetzte Volksmassen hintreten mußte, um ihnen ihre Sünden vorzuhalten und sie mit Gottes Strafgericht zu bedrohen. Schließlich war es eine große Prüfung für ihre Geduld gewesen, daß sie auf die Bestätigung ihrer Regel so lange warten mußte, bis sie nun an der Grenze ihrer Tage stand.

Aber bei alldem war sie doch einer der allerglücklichsten Menschen gewesen, weil Gott ihr die Gnade verliehen hatte, schon in diesem Leben seines Umgangs teilhaftig zu werden.

Von Kindheit auf war sie von Gesichten begnadet gewesen, in denen sie die himmlischen Heerschaaren schaute und mit ihnen Zwiesprach pflog. Je älter sie geworden war, desto mehr hatten diese Visionen an Ernst und Bedeutung zugenommen. Ja, wahrlich, sie war die gewesen, die den Menschen Gottes Ratschluß offenbarte.

Viele dieser Gesichte waren furchtbar und erschreckend gewesen, aber dennoch hatte sie dabei eine schwindelerregende Seligkeit empfunden, weil sie in die Geheimnisse des Reichs Gottes schauen durfte.

Von dieser Gabe war ihr alles Gute zuteil geworden. Durch sie hatte sie die Gunst der Fürsten gewonnen und die Herzen der Königinnen erweicht. Durch diese Macht war das Volk von Rom so für sie gewonnen worden, daß es sie jetzt seine Mutter nannte. Um dessentwillen schickten ihr die armen Leute in Schweden Boten und flehten sie an zu kommen und ihnen zu helfen.

Auf diese Weise vergehen vier Tage wie in holdem Taumel, und endlich bricht der Morgen des fünften Tages an.

Wir müssen versuchen, uns zu vergegenwärtigen, wie alles zugegangen sein mag. Sicherlich konnte keiner der Hausgenossen nachts schlafen. Die Spannung war allzu groß. Nicht, daß sie daran gezweifelt hätten, daß ihre Herrin jetzt von Christus für ihre lebenslängliche Treue belohnt werden würde, aber in welcher Art?

Es ist mitten im Sommer, und weder nachts noch tags ist Kühlung zu finden. Sie haben am offenen Fenster gesessen, in das schwüle Dunkel gestarrt und sich unter bebenden Träumen ausgemalt, was der Morgen wohl bringen würde.

Was mögen sie erwartet haben? Vielleicht, daß Frau Brigitta im Geist nach Vadstena geführt und dort zur Nonne und Äbtissin geweiht werden würde, indes ihr irdischer Leib in Rom verblieb. Vielleicht, daß der päpstliche Legat kommen würde, um auf Gottes Geheiß den heiligen Akt in dem kleinen Häuschen am Campo de' Fiori zu vollziehen. Noch viel höher und wunderbarer mögen ihre Erwartungen sich gestaltet haben, denn sie sind es gewohnt, täglich Wunder zu schauen und von übernatürlichen Dingen zu hören.

Die ganze Nonnentracht, der graue Rock, Mantel und Kapuze, das weiße Tuch, der schwarze Schleier und die Krone aus weißen Linnenstreifen mit den fünf roten bedeutungsvollen Zeichen, all dies lag bereit.

Prior Petrus Olofson hat die Offenbarung hervorgesucht, in der Christus Brigitta die Klosterregeln kundgetan hat und liest sie nun vor. Er liest von all den Bestimmungen für das Leben der Mönche und Nonnen, ihre Tagesordnung und ihre Beschäftigungen. Weiter liest er, wie eine Nonne ins Kloster aufzunehmen ist, die schönen Ermahnungen, die ihr erteilt werden sollen, ihre Gelübde, die Einkleidung in die Nonnentracht, ihre Geleitung zur Klosterpforte und ihre Aufnahme in den Kreis der Schwestern.

Frau Brigitta folgt der Vorlesung mit einem seligen Lächeln, aber lange, ehe der Prior geendet hat, versinkt sie in Schlummer, und natürlich ist es allen offenbar, daß sie mit jedem Tage schwächer geworden ist. Sie schläft zumeist, sie atmet schwer, beinahe röchelnd. Aber dies trübt die Freude keineswegs. Wenn die Stunde gekommen ist, wird Christus ihr Leben und Gesundheit wiedergeben.

Plötzlich, gerade ums Morgengrauen, als das erste Frühlicht das nächtliche Dunkel durchbricht, hört das Röcheln auf, und die Kranke richtet sich im Bett empor.

Im ganzen Raume wird es totenstill. Man glaubt zu vernehmen, nicht mit Auge und Ohr, sondern mit einem anderen Sinne, daß der Raum von etwas Göttlichem durchströmt wird. Mit bebenden Herzen sehen die Anwesenden, wie das Antlitz der Greisin von Glückseligkeit erhellt wird, wie ihre Augen sich in Anbetung aufschlagen, wie ihre Lippen sich zum Gebet regen.

Kein gesprochener Laut dringt an das Ohr der Umstehenden, und doch vernehmen sie, was der himmlische Bote sagt:

»Nun habe ich gesehen, Brigitta, daß du die Welt überwunden hast und sie gerne verlassest, um in mein Kloster einzugehen. Darum soll dir dein Wille als vollbrachte Tat angerechnet werden, und ich will dir den Lohn geben, daß du ungesäumt in meine Seligkeit eingehen darfst.«

Mit einem Blick von unbeschreiblicher Dankbarkeit sinkt die Sterbende in die Kissen zurück, und die anderen, die erkennen, daß die höchste Gnade und Segnung ihr widerfahren ist, stimmen einen Lobgesang an.

Erhoben wie in heiliger Verzückung, empfinden sie keinen Schmerz über den bevorstehenden Abschied. Die Priester ihres Hauses beeilen sich eine Messe zu lesen und ihr das Sterbesakrament zu reichen.

Aber wie es ihnen anbefohlen war, haben sich Brigittas Freunde in Rom nun am Morgen des fünften Tages eingefunden, um ihrer Erhöhung beizuwohnen. Und da Frau Brigitta in Rom von so vielen gekannt und geliebt ist, sind ihrer eine so große Zahl, daß der ganze Marktplatz vor ihrer Behausung schwarz von Menschen ist. Sie hören den Gesang aus dem Hause, und die Zunächststehenden pochen ungeduldig an die Türe, um Einlaß zu finden und der Feier beizuwohnen. Sachte öffnet sich das Tor, und jemand flüstert, daß die fromme Frau in Gottes Himmel gerufen wurde. Mit großer Schnelligkeit verbreitet sich das Gerücht durch die Menschenmenge, und wohin es dringt, da erkennt man, daß dies das höchste Glück für die Greisin bedeutet, und stimmt in den Jubelgesang ein. Und während die Menschenschar so ihre Dankbarkeit und ihre Liebe hinaussingt, entschlummert Frau Brigitta in den Armen ihrer Kinder.

Aber so wie die Kreise im Wasser um den hineingeworfenen Stein sich über den ganzen Wasserspiegel verbreiten, so verbreitet sich ihre eigene und die Freude ihrer Nächsten nicht nur zu dem Volke in Rom, sondern unter die ganze Christenheit. Ein Mensch, der die Welt und sich selbst überwunden hatte, war gleichsam in Christi Armen gestorben, gewiß des Himmelreichs. Das war nicht die Zeit für Sohn oder Tochter, für Freund oder Diener, Schmerz zu fühlen. Das einzige, woran sie denken konnten, war, die Kunde von dem seligen Hinscheiden, dessen Zeugen sie gewesen, zu verbreiten.

Wer wurde da nicht von Begeisterung ergriffen? Ein Mensch, der viele Jahre hindurch in den Straßen Roms gewandelt war, eine Frau, die unter ihnen gelebt hatte wie alle anderen, die hatte in ihrem letzten Stündlein Christus geschaut und seine Verheißung empfangen, in den Himmel der höchsten Seligkeit einzugehen.

Es gibt kein Gemüt, so verhärtet, daß diese Kunde nicht einen Wider-hall von Sehnsucht darin wachriefe. Es gibt keine Seele, so bedrückt, daß sie sich nicht zu neuer Zuversicht aufschwänge.

Dies war kein Sieg der Stärke und Macht, der List und Gewalt, sondern ein Sieg der Unterwürfigkeit, der Armut und Demut. Die Stillen im Lande heben die Köpfe und denken, daß doch sie es sind, die das bessere Teil erwählt haben.

Heim nach Schweden eilt ein Bote mit der Nachricht von Frau Brigitta Birgertochters seligem Tode in Rom: nicht um Kummer zu bringen, sondern um die größte Freude zu verkünden.

Und überall, wo die Botschaft hier im Lande hinkommt, wird sie so empfangen, als kündete sie die Ankunft eines schätzebeladenen Schiffs oder einen großen Sieg.

Da fielen Freudentränen, daß Christus an dieses arme Land hoch im Norden gedacht und eine seiner Töchter zu seiner geliebten Braut erho-ben hat, zu sitzen zur Seiten seiner Mutter, der Himmelskönigin. Nun ist es Zeit, Angst und Not zu vergessen, nun hat das Reich und all seine Bewohner eine Fürsprecherin bei Gott, die nimmer müde sein wird, Gutes für Schwedens Volk zu erbitten.

Allen bedünkt es, daß der Himmel der Erde näher gekommen, erreich-barer geworden ist. Der Bauer, der seiner täglichen Fron obliegt, hebt den Blick vom Irdischen, die Hausmutter gibt freudiger als sonst dem Bettler, der im Namen der heiligen Brigitta bittet, ihr Scherflein. Der Maurer, der am Vadstenaer Kloster arbeitet, fügt seine Steine mit größe-rem Eifer in die Wand, trägt er doch damit zum Ruhme der heiligen Frau bei.

Das ganze Volk Schwedens hat nun eine gemeinsame Freudenquelle, die erste, die es je besessen. Der König des Landes ist der deutsche Al-brecht, aber er wetteifert mit den einheimischen Großen des Reichs, Frau Brigittas Staub, als er im nächsten Jahre die Heimat erreicht, würdig zu empfangen. Auch er wirkt wie alle anderen für ihre Heiligsprechung und unterstützt den Klosterbau in Vadstena.

Welche Befriedigung muß es nicht, schon rein weltlich gesehen, für die Schweden jener Zeit gewesen sein, zu erfahren, daß hier im Norden mächtige Klöster entstanden wie Nädendal in Finnland, Maribo in Dä-nemark, Munkaliv in Norwegen, die alle der Vadstenaer Regel folgten, und daß auch im übrigen Europa Brigittiner Klöster gegründet wurden, mehr als siebzig an der Zahl. Wie muß es nicht die Kenntnis Schwedens in der Fremde gefördert haben, daß alle diese Klöster eine Schwedin zur Stifterin hatten und dort stets die Legende ihres Lebens gelesen wurde.

Noch heute können wir hier in Schweden Spuren dieser Freude des Volkes, daß eine Heilige unter ihm erstanden, verfolgen. Dieser schöne mächtige Kirchenbau mit Grabmälern und Kunstschätzen, der uns jetzt umgibt, ist daraus hervorgegangen. Aus der herrlichen Brigittahymne klingt sie uns entgegen, wie aus der Brigittinermusik, der Brigitta-Literatur, ja aus der geduldigen Arbeit demütiger Spitzenklöpplerinnen, die Altar und Chorhemden schmückt.

Dem schwedischen Lande nahte ihre Botschaft mitten im Jahrhundert der Pest, der Bürgerkriege, der Schwäche. Und wer weiß heute soviel, daß er zu berechnen vermöchte, wie groß der Nutzen, den sie uns gebracht hat? Sie, deren Stärke unbeugsam war, hat sie nicht die Kräfte großgezogen, die dem Lande die Wiedergeburt brachten? Sie, deren Glaube unerschütterlich war, hat sie nicht den Mut hervorgerufen, der die Freiheit rettete? Gab der Gedanke, daß diese ehrliche schwedische Frau ein Landeskind war, nicht die Ermutigung, deren es bedurfte, damit das Volk zur Erkenntnis seines Wertes und seines Könnens gelangte?

Anne Spafford

Rede, gehalten bei dem Ökumenischen Konzil in Stockholm 1925

Darf ich dem Ökumenischen Konzil ein Ereignis berichten, das sich vor etwa fünfzig Jahren zugetragen hat?

Es war eine neblige Nacht auf dem Atlantischen Ozean. Zwei große Fahrzeuge waren zusammengestoßen, und das eine von ihnen, ein mächtiger Postdampfer, auf dem Wege von Neuyork nach Le Havre, hatte ein Leck mittschiffs bekommen und war untergegangen. Das andere Fahrzeug, ein ungeheures Segelschiff, war im Nebel verschwunden, ohne einen Versuch zu machen, den zahlreichen Passagieren des Postdampfers zu Hilfe zu kommen.

Unter diesen Schiffbrüchigen befand sich eine junge Amerikanerin, die zu jener Zeit in Chikago lebte. Sie war vermögend, schön und begabt, mit einem guten, hervorragenden Manne verheiratet, Mutter von vier kleinen entzückenden Mädchen. Sie hatte die Reise unternommen, um ihre alten Eltern, die in Paris lebten, zu besuchen und ihnen ihre Kinder zu zeigen; deshalb hatte sie alle vier Töchterchen an Bord. Als der Zusammenstoß erfolgte war auf dem sinkenden Dampfer eine schreckliche Verwirrung entstanden. Man hatte allerdings Boote ausgeworfen, aber weder sie noch eines der Kinder hatten darin Platz gefunden. Als das Schiff schließlich gesunken war, waren sie alle fünf in das Meer hinausgespült worden.

Sie wurde zuerst von der Sturzwelle tief hinab in die unendliche Tiefe gezogen, aber dann wieder auf den Meeresspiegel hinaufgeschleudert. Ihre Kinder waren da von ihr losgerissen und sie begriff, daß sie ertrunken sein mußten. Sie selbst konnte nicht schwimmen. Im nächsten Augenblick mußte sie wieder in die Tiefe gezogen werden, und das bedeutete dann den sicheren Tod.

Da, in ihrem letzten Stündlein, dachte sie nicht mehr an Mann und Kinder. Sie dachte nur daran, ihre Seele zu Gott zu erheben.

Sie war unmittelbar vorher Zeuge von entsetzlichen Szenen gewesen. Angesichts des unvermeidlichen Untergangs hatten die Schiffbrüchigen völlig die Besinnung verloren. Ein wilder Kampf um die Boote war entbrannt, die die fünfhundert Passagiere keinesfalls fassen konnten. Gesunde kräftige Männer und Frauen hatten sich mit Stockhieben und Schlägen den Weg gebahnt. Die Schwachen und Kranken waren zurückgestoßen, niedergetreten oder geradezu ins Meer geschleudert worden. Derselbe grausige Kampf ums Leben tobte noch rings um sie auf dem Meeresspiegel.

Einige schwerbeladene Boote strichen in der Nähe vorbei, und in diesen saßen Menschen, die die Messer gezückt hatten, um die Schwimmenden fernzuhalten, die sich näherten und sich an den Bootsrand anklammern wollten. Grausige Schreie und Flüche waren von allen Seiten zu hören. Aber aus all diesen Szenen der Grausamkeit und Wirrnis, der unbarmherzigen Wildheit und jämmerlichen Todesfurcht befreite sie ihre Seele, um sie zu Gott zu erheben.

Und ihre Seele schwang sich auf wie eine freigelassene Gefangene. Sie fühlte, wie ihre Seele sich freute, die schweren Fesseln des irdischen Lebens abzustreifen, wie sie sich mit Jubel anschickte, zu ihrer wahren Heimat emporzusteigen.

»Ist es so leicht, zu sterben?« dachte sie.

Da hörte sie, wie eine mächtige Stimme, eine Stimme aus der anderen Welt, ihr Ohr mit einer dröhnenden Antwort erfüllte:

»Wohl ist es wahr, daß es leicht ist, zu sterben. Was schwer ist, das ist zu leben.«

Es dünkte sie, daß dies die größte Wahrheit war, und sie stimmte freudig ein:

»Ja, ja, das ist wahr, es ist schwer, zu leben.«

Und mit einem Gefühl des Mitleids mit jenen, die noch weiterleben mußten, dachte sie: Warum muß es so sein? Ließe sich das Leben auf Erden nicht so gestalten, daß es ebenso leicht wäre, zu leben, wie es jetzt ist, zu sterben?

Da vernahm sie abermals die mächtige Stimme, die ihr antwortete:

»Was not tut, damit es leicht wird, auf Erden zu leben, das ist Einigkeit, Einigkeit, Einigkeit!«

Während diese Worte noch in ihren Ohren widerhallten, wurde sie gerettet. Es war der große Segler, der zurückgekehrt war und Rettungsboote herabgelassen hatte. Sie wurde in eines derselben gehoben und dann mit etwa achtzig anderen Schiffbrüchigen in einem europäischen Hafen ans Land gesetzt.

Dieses Ereignis, dieser Zuruf kam mir in den Sinn, als ich zum erstenmal vom ökumenischen Konzil sprechen hörte. Ich stellte mir vor, daß nach dem großen Zusammenprall, nach dem furchtbaren Schiffbruch, der die Christenheit betroffen hat, viele ihrer besten Angehörigen das Gefühl haben mußten, in eine bodenlose Tiefe gestürzt zu sein, das Liebste verloren zu haben; sie mußten von Groll gegen das Leben beseelt sein, bereit, die drohende Vernichtung als Befreiung aufzunehmen. Aber in diesem Abgrund der Angst sind dann zu diesen Verzweifelten Stimmen aus einer anderen Welt gedrungen. Auch sie haben mitten in dem wilden Getümmel, mitten in dem Blutvergießen den Ruf nach Einigkeit, Einigkeit, Einigkeit vernommen; und darum sind sie nun von den vier Enden der Welt hierhergeströmt, um den Frieden und Zusammenhalt zu schaffen, den die Völker durch Jahrtausende ersehnt haben und der das Leben sicherlich leichter zu leben machen würde.

Dies war der erste Gedanke, der sich bei der Nachricht von dem Ökumenischen Kongreß einstellte. Der zweite war der, daß ich gerne mit dabei sein wollte, die Konferenz willkommen zu heißen. Denn wie der Versuch auch ablaufen mochte, so war doch der Gedanke groß und kühn und wohl wert, als ein Vorbote hellerer Zeiten begrüßt zu werden.

Möge mir die Versammlung gestatten, noch weiter von dem Leben und Wirken der schiffbrüchigen Frau zu erzählen. Das Problem, das sie zu lösen hatte, war ja dasselbe wie das der Konferenz, wenn auch in anderem Maßstab. Und ich muß es gestehen, als ich ihr Leben durchdachte, erbebte mein Herz. Ich glaubte eine Schrift zu sehen, von Gottes eigenem Finger geschrieben, eine Schrift zur Führung, zur Erweckung, zur Tröstung, eine Schrift, die gerade von dieser Versammlung gelesen werden sollte.

Lassen Sie mich also vorerst sagen, daß die junge Amerikanerin, *Anne Spafford*, die Botschaft, die ihr in der Unglücksnacht erklungen war, als ein wahres Gotteswort aufnahm. Dennoch vergingen mehrere Jahre, ehe sie einen ernsten Versuch machte. Sie war vom Schmerz über die verlorenen Kinder allzusehr gebrochen. Zwei neue Töchterchen wuchsen im Hause auf, aber die Trauer ließ nicht nach. Endlich sah sie ein, daß ihr nicht früher Hilfe und Trost zuteil werden würde, ehe sie nicht ihr Leben der Aufgabe widmete, Einigkeit in die zersplitterte Welt zu bringen.

Einigkeit! Doch was ist Einigkeit? Wie kann sie erreicht werden? Wie kann man in Einigkeit leben mit Menschen, wie sie nun einmal sind: egoistisch, selbstgerecht, unwahr, liederlich, frevelhaft? Möge man sich in die große Schwierigkeit hineindenken! Ist es hierzu eigentlich nicht erforderlich, daß, ehe Einigkeit auf Erden walten kann, alle vollkommen werden müssen? Wenn ein Mensch allein es versuchen wollte, in Einigkeit mit seinesgleichen zu leben, würde er nicht verhöhnt werden, ja nieder-getreten, gekreuzigt?

Anne Spafford griff zu dem üblichen Ausweg. Sie, ihr Mann und etwa zwanzig ihrer Freunde gründeten eine Gemeinschaft, deren Mitglieder sich verpflichteten, in Einigkeit miteinander zu leben und der übrigen Menschheit zu helfen und zu dienen.

Diese Chikagoer suchten keineswegs eine neue Religion einzuführen. Sie waren alle warme, bewährte Christen, und sie vertieften sich in das Studium der Apostelgeschichte, um in der Lebensweise der ersten Christen eine Richtschnur für ihren Wandel zu finden. Nach deren Vorbild zogen sie in einen einzigen großen Haushalt zusammen. Sie führten Gütergemeinschaft ein, sie dienten einander ohne Entgelt, und sie staunten über die Geborgenheit und Leichtigkeit, die damit in ihr Leben kam.

Während sie so versuchten, Jesu ersten Bekennern nachzufolgen, deren Leben in Jerusalem stets in ihren Gedanken waren, drang die Nachricht zu ihnen, daß Not und Krankheiten in der heiligen Stadt wüteten. Hierdurch wurde unter ihnen der Wunsch rege, ihre Tätigkeit dorthin zu verlegen, und dies kam auch zur Ausführung. Mehrere andre Ursachen dürften hier wohl zusammengewirkt haben. Lebten sie doch in der Glut der ersten Begeisterung und Hoffnungsfülle. Die Botschaft, welche Anne Spafford zuteil geworden war, schien ihnen die Vollendung des Christentums darzustellen, und sie hielten dafür, daß diese sich von derselben Stelle ausbreiten müßte, von der unsre Religion ihren ersten Ausgangspunkt genommen hatte.

Im Jahre 1881 langten Glieder der Gemeinschaft in Jerusalem an. Sie mieteten sich in einem schönen Häuschen dicht bei der Stadtmauer ein, wo man von den Dachterrassen hinaus auf den Kranz von schönen Hügeln schauen kann, der die Landschaft umrahmt. Ihre Tätigkeit bestand darin, die Kranken in den engen Gäßchen der heiligen Stadt aufzusuchen, die Hungrigen zu speisen und elternlose Kinder aufzunehmen und zu betreuen. Allen, die sie besuchten, erzählten sie von der göttlichen Botschaft, die der Schiffbrüchigen erklungen war, und sagten, daß sie durch ihre Lebensführung die Wahrheit derselben bezeugen wollten.

Muß es nicht wunderbar erscheinen, daß diese Gemeinschaft, die Einigkeit in der Welt verbreiten wollte, eine Verkündigung durch die Tat wählte? Sie wollte – gleich dieser Versammlung – christliche Gemeinschaft im Leben und Wirken schaffen. Es kam auch vor, daß der eine oder andere, wenn er den Frieden, den Zusammenhalt und die stille Freudigkeit sah, die in dem kleinen Kreise herrschte, dadurch überzeugt wurde, daß dies der rechte Weg war, und bat, sich der amerikanischen Kolonie anschließen zu dürfen. Es waren einige Syrier aus den Küstenstädten Palästinas darunter, einige getaufte Juden, einige Reisende aus Europa und anderen Weltteilen, aber die Morgenländer waren der überwiegende Teil der Neuhinzugekommenen. Die Gemeinschaft wurde dadurch um etwa vierzig neue Mitglieder vermehrt. An und für sich eine geringe Zahl. Aber wenn man bedenkt, daß von den Neuhinzugekommenen verlangt wurde, ihr altes Leben aufzugeben, sich der Kolonie in Jerusalem anzuschließen, dieser alles Eigentum zu überlassen und sich einer strengen Lebensweise zu unterwerfen, ist man fast versucht, sich über einen so großen Zustrom zu verwundern.

Das größte Kontingent zu der amerikanischen Kolonie stellte jedoch nicht Palästina, sondern eigentümlicherweise Schweden. Im Kirchspiel Nås in Dalekarlien hatte eine Schar Bauern einen religiösen Zusammenschluß ähnlicher Art gebildet. Durch Landsleute, die nach Chikago ausgewandert waren, hörten die Bauern von den Amerikanern, die nach Jerusalem gezogen waren, um dort in Einigkeit und Vollkommenheit das Leben der ersten Christen zu führen. Sie wurden von der Sehnsucht ergriffen, sich mit ihnen zu vereinigen. Sie verkauften ihre Bauernhöfe, verließen Heim und Vaterland und zogen nach Jerusalem. Dies begab sich im Jahre 1896, als die Amerikaner etwa fünfzehn Jahre in Jerusalem gewohnt hatten. Die schwedischen Auswanderer waren etwa vierzig an der Zahl, aber unter ihnen befanden sich mehrere Minderjährige.

Muß man nicht wiederum staunen, wenn man darüber nachdenkt? Die Kolonie in Jerusalem bestand also hauptsächlich aus denselben Völkerschaften, die sich hier zur Konferenz versammelt haben. Kleine Menschenhäuflein strebten vom fernen Westen, vom hohen Norden dorthin, um im Verein mit einer Handvoll Morgenländer für die Einigkeit zu wirken. Dort wie hier begegnet sich angelsächsische Tatkraft mit morgenländischer Mystik und germanischer Innerlichkeit. Hier tritt uns auch die gallische Klarheit entgegen. Dort wie hier lauschen Reformierte, Lutheraner und Orthodoxe dem Rufe nach Einigkeit, während die Völker des Südens still sitzenblieben. Ist das nicht gleichsam ein Zeichen, daß von denen, die hier zusammengekommen sind, der Anfang gemacht werden soll mit dem großen Zusammenschluß, Brudergefühle zu wecken unter den christlichen Völkern zur Gemeinsamkeit im christlichen Handeln?

Von allem Anfang an hatte die Kolonie eine Sonderstellung unter den vielen christlichen Gemeinden in Jerusalem eingenommen. Ihre Mitglieder hatten es immer als eine Pflicht empfunden, auch der morgenländischen Umgebung gegenüber eine christliche Gesinnung zu zeigen und an dem Prinzip der Einigkeit festzuhalten. Sie hatten der Juden hohnvolle Klagen über die ständigen Streitigkeiten gemerkt, welche die Christen scheiden, und wollten ihnen ein besseres Beispiel geben. Die Kolonisten, die gebildete, rechtschaffne, friedliche Leute waren, haben auch immer das größte Ansehen unter der einheimischen Bevölkerung der Stadt genossen, und das nicht nur bei den Armen. Was es an vornehmen arabischen und jüdischen Familien in der Stadt gab, suchte die Kolonisten auf und befreundete sich mit ihnen.

Aber für viele christliche Gemeinden in Jerusalem und im ganzen Morgenland war die Kolonie vom ersten Augenblick an ein Stein des Anstoßes. Man beschuldigte sie, ein unsittliches Leben zu führen, man suchte ihr zu schaden. Man trachtete, ihr den Aufenthalt im Morgenland unmöglich zu machen.

Ist unter den hier Anwesenden einer, der zweifelt, daß dem Kongreß dasselbe Schicksal beschieden sein wird? Ist es nicht sicher, daß die besten unter den Nichtchristen eine Versammlung wie diese mit Freude begrüßen und sie mit Segenswünschen begleiten werden? Und ist es nicht ebenso sicher, daß ihre ärgsten Widersacher von christlicher Seite kommen werden, daß sich von dort die Stimmen erheben werden, die ihre Absichten mißdeuten und ihre Beschlüsse zu vereiteln suchen werden?

Ich brauchte dies kaum zu sagen. Es wird ohnehin jedem klar sein, daß die Kolonie in Jerusalem nicht in ungestörtem Frieden leben konnte, sondern von ernsten inneren Konflikten erschüttert wurde. Die gefährlichsten entstanden dadurch, daß man rein aszetische Lebensregeln angenommen hatte, wie zu arbeiten, ohne Lohn zu erhalten, auch nicht für Verrichtungen, die für außenstehende vermögende Leute geleistet wurden. Ebenso wurde in der Frage des Verhältnisses zwischen den Geschlechtern größte Enthaltsamkeit verlangt. Die Folge war Verarmung, Unzufriedenheit und eine Menge überflüssiger Konflikte, namentlich als die Kinder der Kolonie zu Jünglingen und Jungfrauen heranzuwachsen begannen. Doch kam die Leitung der Kolonie allmählich zu der Einsicht, daß dieser aszetische Einschlag für die Einigkeit nicht nötig sei, und man stand auch davon ab.

Ein rechtschaffenes und liebevolles Leben wird von den Kolonisten verlangt, aber man erlegt ihnen keine der menschlichen Natur widerstreitenden Vorschriften auf. Sie dürfen Lohn empfangen, und eine fröhliche Arbeitsamkeit herrscht seither in jedem Winkel der Kolonie. Sie dürfen heiraten und in eigenen Heimen außerhalb des großen palastartigen Hauptgebäudes der Kolonie wohnen. Seit diese Fragen gelöst wurden, ist das Ansehen und der Wohlstand der Kolonie in stetem Aufschwung begriffen. Viele Schweden, darunter auch ich, haben im Laufe der Zeit die Kolonie besucht und sie dann mit Bewunderung und Interesse geschildert. Alle bezeugen den warmen christlichen Geist, die ungebrochene Einigkeit, das im Grunde tiefernste, aber doch so reiche und glückliche Zusammenleben.

Und mich dünkt, die Konferenz dürfte es nicht unterlassen, hiervon eine Warnung mitzunehmen. Die Konferenz will christliche Gesetze im Verhältnis der Völker zueinander einführen. Die Konferenz soll das tun in der besonnenen Erwägung, daß die Staaten lebendige Wesen sind, deren Natur nicht geändert werden kann, und sie soll nicht unnötige Bande auferlegen, sondern einzig das, was erforderlich ist zur Aufrechterhaltung der Einigkeit und zur Schaffung von Sicherheit.

Die Stifterin der Gemeinschaft starb vor zwei Jahren, einundachtzig Jahre alt, nachdem sie ihr ganzes Leben dafür eingesetzt hatte, sie zu leiten und ihr zu dienen. Sie wurde nie gewaltig und weltumspannend, wie die Gründerin vielleicht ursprünglich gehofft hatte, sie zählt nicht einmal hundert Mitglieder. Aber auf ihrem Totenbette konnte Anne Spafford sich sagen, daß die göttliche Stimme ihr den richtigen Weg gewiesen hatte. Die Einigkeit hatte ihr Leben gleich einer schützenden Mauer umschlossen.

Sorgen waren nicht ausgeblieben; wurden sie aber von vielen treuen und teilnehmenden Herzen mitgetragen, verloren sie ihre Schärfe. Und die Macht, zu helfen, andrer Lasten zu erleichtern, war auf eine bewundernswerte Weise gesteigert worden.

Sie konnte sich sagen, daß ihre Kolonie dem armen Jerusalem zum größten Segen gereicht hatte. Sie konnte denken an die jüdischen Flüchtlingsscharen, welche die Kolonie gerettet hatte, an in Not geratene Pilger, denen sie in Lebensgefahr beigesprungen war, an die fünfhundert Hungernden, die in der Notzeit täglich in der Kolonie gespeist worden waren. Es dünkte sie, daß die Menschen, die innerhalb der Kolonie erzogen worden waren, freimütig, reinherzig, heiter, mild, glücklich im Dienen waren.

Sie konnte sich mit Freude sagen, daß die amerikanische Hilfe im Kriege zum großen Teil auf ihre Initiative zurückzuführen war.

Sicher war sie weit davon entfernt, auf ihrem Sterbebette sich weltlicher Erfolge zu rühmen; aber sie dachte wohl doch daran, daß Gott auch durch so etwas zeigen wollte, daß Einigkeit des Menschenlebens Segen sei. Die Kolonie besaß nun einen großen Palast, vor dem Damaskustor gelegen, samt sechs kleineren Baulichkeiten. Sie besaß Dromedare und Pferde, Kühe und Ziegen, Wirtschaftsgebäude und Felder, Oliven- und Feigenbäume, Läden und Werkstätten. Palästinaphotographien aus ihrem Atelier verkaufte man über die ganze Welt hin, auch rüstete sie Karawanen aus, welche Reisende weit umher durch Palästina und Syrien führten.

Ihre einstmals so verachtete Kolonie war ein Ruheplatz, ein Ort des Friedens in der heiligen Stadt geworden. Friedensgedanken gingen in der hoffnungslosen Dunkelheit von dort aus. Einigkeit ist möglich, Einigkeit läßt sich zwischen Menschen verschiedener Nationen erreichen, Einigkeit kann auch zwischen Ländern und Völkern walten.

Aber liegt nicht in dem Gedeihen, welches dem geringen Vorgänger beschieden war, die schönste Prophezeiung für den mächtigen Nachfolger? Fühlt man nicht, wie Gott auf diese Weise seinen Segen verheißt der Arbeit für Einigkeit unter Menschen, Einigkeit zwischen Völkern? Will er uns nicht sagen, daß im Zeichen der Einigkeit die Menschheit eine schönere Entwicklung erreichen wird, daß in ihrem Zeichen der Wohlstand vermehrt, die Macht zu helfen und glücklich zu machen vermannigfaltigt, die Sorgen, die das Menschenleben bedrohen, auf vielfältige Weise verringert werden?

Lasset uns hören! Lasset uns lauschen! Er, dessen Stimme durch des Weltkriegs Donnergrollen uns Einigkeit zurief, redet auch zu uns durch seiner geringen Dienerin demütige Schöpfung. »Einigkeit« ruft er uns zu, »Einigkeit« zwischen Reformiert und Lutherisch, Einigkeit zwischen Protestant und Grieche, zwischen Grieche und Katholik, Einigkeit zwischen Christen und Nichtchristen, Einigkeit, Einigkeit, Einigkeit zwischen allen Völkern der Erde!

Karl-Maria Guth (Hg.)

Erzählungen aus dem Biedermeier

HOFENBERG

Karl-Maria Guth (Hg.)

Erzählungen aus dem Biedermeier II

HOFENBERG

Karl-Maria Guth (Hg.)

Erzählungen aus dem Biedermeier III

HOFENBERG

Erzählungen aus dem Biedermeier

Biedermeier - das klingt in heutigen Ohren nach langweiligem Spießertum, nach geschmacklosen rosa Teetässchen in Wohnzimmern, die aussehen wie Puppenstuben und in denen es irgendwie nach »Omma« riecht.

Zu Recht. Aber nicht nur.

Biedermeier ist auch die Zeit einer zarten Literatur der Flucht ins Idyll, des Rückzuges ins private Glück und der Tugenden. Die Menschen im Europa nach Napoleon hatten die Nase voll von großen neuen Ideen, das aufstrebende Bürgertum forderte und entwickelte eine eigene Kunst und Kultur für sich, die unabhängig von feudaler Großmannssucht bestehen sollte.

Georg Büchner Lenz **Karl Gutzkow** Wally, die Zweiflerin **Annette von Droste-Hülshoff** Die Judenbuche **Friedrich Hebbel** Matteo **Jeremias Gotthelf** Elsi, die seltsame Magd **Georg Weerth** Fragment eines Romans **Franz Grillparzer** Der arme Spielmann **Eduard Mörike** Mozart auf der Reise nach Prag **Berthold Auerbach** Der Viereckig oder die amerikanische Kiste

ISBN 978-3-8430-1884-5, 444 Seiten, 29,80 €

Erzählungen aus dem Biedermeier II

Annette von Droste-Hülshoff Ledwina **Franz Grillparzer** Das Kloster bei Sendomir **Friedrich Hebbel** Schnock **Eduard Mörike** Der Schatz **Georg Weerth** Leben und Taten des berühmten Ritters Schnapphahnski **Jeremias Gotthelf** Das Erdbeerimareili **Berthold Auerbach** Lucifer

ISBN 978-3-8430-1885-2, 440 Seiten, 29,80 €

Erzählungen aus dem Biedermeier III

Eduard Mörike Lucie Gelmeroth **Annette von Droste-Hülshoff** Westfälische Schilderungen **Annette von Droste-Hülshoff** Bei uns zulande auf dem Lande **Berthold Auerbach** Brosi und Moni **Jeremias Gotthelf** Die schwarze Spinne **Friedrich Hebbel** Anna **Friedrich Hebbel** Die Kuh **Jeremias Gotthelf** Barthli der Korber **Berthold Auerbach** Barfüßele

ISBN 978-3-8430-1886-9, 452 Seiten, 29,80 €